漫畫文學經典

遠大前程

全新插圖

改寫自狄更斯原著小說

（只是刪減了一點點而已！）

★ ★ ★

感謝查爾斯‧狄更斯
希望他不會介意

★ ★ ★

漫畫文學經典系列

遠大前程

原著

查爾斯‧狄更斯

改寫、繪圖

傑克‧諾爾

譯者

郭庭瑄

三民書局

我

（皮普）

我的姊姊

我住的村鎮

薩提斯莊園
（哈維森小姐
豪華的家）

大海 →

監獄船 ↗

沼澤地
（有幾頭乳牛
住在這裡）

三個快樂船夫
（村裡的酒館）

墓園
（爸爸和媽媽
住在這裡）

教堂

往倫敦！

←

鐵匠鋪
（我住在這裡）

姓名：
菲利普·皮瑞普 ← 叫我皮普就好

年齡：
12歲

居住地：
我跟我姊姊和姊夫，也就是喬太太和鐵匠喬先生，一起住在他們的鐵匠鋪裡。

人生計畫：
喬說我長大後就和他一樣當一名鐵匠。可是有時候我會想，說不定小村子外的世界有很多冒險正等著我……

喬

我的家

爸爸
菲利普·皮瑞普
已故的本教區居民

媽媽
喬吉安娜
皮瑞普之妻

第一章

我的爸爸姓皮瑞普，我的名字是菲利普。當我還是嬰兒的時候，我的舌頭還不靈活，不太會念皮瑞普和菲利普，最多只能發出「**皮普**」的音。

我還是小嬰兒時
的舌頭

小時候的我

皮普！

皮普！

皮普！

噗！

所以我乾脆自稱皮普，後來大家也就叫我**皮普**了。

哈囉！我叫：

皮普☺

我從來沒見過爸爸媽媽，也沒看過他們的照片（因為他們那個年代還沒有照相機）。

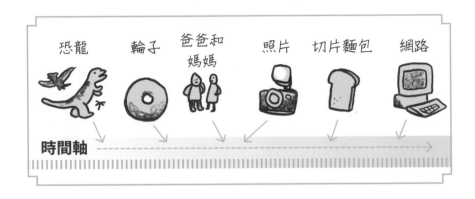

恐龍　輪子　爸爸和媽媽　照片　切片麵包　網路

時間軸

我對他們最初的想像，是從他們墓碑的樣子去聯想的。

我的家人

爸爸

菲利普·皮瑞普
已故的本教區居民

媽媽

喬吉安娜
皮瑞普之妻

我

爸爸墓碑上的字體給我一種奇怪的感覺，我想他應該是一個長得方方正正、身材壯碩、膚色黝黑、有一頭黑色捲髮的人。

哈囉，兒子

菲利普‧
皮瑞普
已故的本教區居民

::咳咳::
嗨，親愛的
::咳咳::

::抽鼻子::

喬吉安娜
皮瑞普之妻

媽媽名字的字體讓我得到一個幼稚的結論：她可能臉上有長雀斑，又體弱多病。

那是一個令人難忘的寒冷傍晚。這個長滿蕁麻的荒涼之地正是教堂墓園。

菲利普・皮瑞普

已故的本教區居民

和

喬吉安娜

皮瑞普之妻

就葬在這裡。

菲利普・
皮瑞普

已故的本教區居民

喬吉安娜

皮瑞普之妻

教堂墓園再過去一點是沼澤地，那是一片平坦幽暗的荒野。那裡有很多土丘和柵欄，還有零零星星的幾頭牛在吃草。

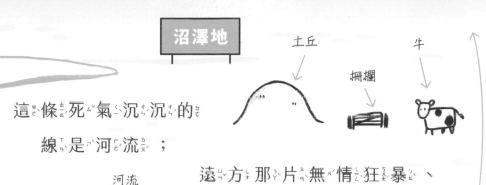

沼澤地

土丘

柵欄

牛

這條死氣沉沉的線是河流；

河流

遠方那片無情狂暴、不斷颳著強風的地方則是大海。

大海

而被這景象嚇到身子縮成一團發抖，還哭了起來的人就是我，皮普。

我！

你給我閉嘴！

一個恐怖的聲音傳來。一名可怕的男人突然從墳墓之間竄出來大吼。

> 不准出聲，
> 小鬼，不然我就
> 割斷你的喉嚨！

那個可怕的男人穿著灰色衣服和灰色褲子，腳上掛著沉重的腳鐐。

他沒有戴帽子，頭上纏著破
舊的布，鞋子也破破爛爛的。
這個人看起來就像他曾
經浸在水裡、陷入爛
泥，還越過了岩地，
被尖石劃傷、被蕁
麻刺傷、被荊棘
割傷。

他
全身發抖，
跛著腳走來，
怒瞪著我咆哮。

他一把抓住我的衣領時，他的牙齒還在格格打顫。

「你叫什麼名字？」男人問。

「**快説！**」

「我叫皮普，先生。」

「再説一遍！」他瞪著我大喊。

「先生，我叫皮普，**皮普**。」

你住在哪裡？

他又問。

我把村子的方向指給他看。我們的村莊在離教堂大約一、兩英里遠的地方。

我們的村莊

他打著赤腳——一隻手，踮在我的肚子上，抓了我起來，再把我口袋裡輕輕的甩了又甩，掉了米米米。

我的口袋裡就只有一小塊**麵包**。他把我放在一塊墓碑上，狼吞虎嚥的吃掉麵包。

「你家裡還有誰？嗯……假設我不殺你，讓你活著回家的話。我可還沒決定要不要饒你一命。」

「我跟我姊姊喬太太——就是鐵匠喬・葛格里的太太——住在一起。」

鐵匠是吧？

他低頭看看自己的腿說。

接著他走過來抓住我的領口，盡可能讓我的身體向後傾倒。「**現在給我聽好！**」他說。

「你知道什麼是**搓刀**嗎？」

「知道。」

「那你知道什麼是**昔物**嗎？」

「知道。」

搓刀＝銼刀

（用來打磨金屬的工具）

昔物＝食物

（能吃的東西）

他每問一個問題，
就把我壓得更低。

我說我會準備銼刀，也會把所有能弄到手的食物拿來，任何碎屑都不放過。明天一大早，我一定會把東西帶來給他。

「那你發誓，要是你沒出現，

就會被天打雷劈！」

他說。

我照著他的話發誓，他才讓我從墓碑上下來。

那個男人用雙手緊緊抱住顫抖的身體，似乎是想讓自己冷靜下來。接著他一跛一跛的朝低矮的教堂圍牆走去。

我看著他離開。他踏進蕁麻叢與荊棘叢的模樣，好像在閃躲死人從墳墓裡伸出來的手。

好像深怕死人會緩緩從墓裡伸手，

抓住他的腳踝，

把他拖進地底。

我嚇壞了，飛快跑回家，完全不敢停下來。

我要走啦！

第二章

喬‧葛格里太太
（我的姊姊）

我姊姊的手

喬‧葛格里
（我的姊夫）

　　我的姊姊喬‧葛格里太太比我大二十多歲。她常說我是她「一手」帶大的，因此左鄰右舍都對她讚譽有加。我不太懂她說的「一手」是什麼意思，我只知道她的手很厚實，力氣也很大，因為她老是用手打我和她的丈夫喬‧葛格里。

我猜，我跟喬都是她一手帶大的吧。

喬‧葛格里是一個性格溫和、心地善良、好脾氣、好相處又有點傻乎乎的人。他就像希臘羅馬神話裡的大力士海克力斯一樣強壯，同時也有軟弱的一面。

我姊姊的皮膚泛紅。有時我會想，她是不是用磨碎肉豆蔻的那種刨刀來洗澡，而不是用肥皂。

「是誰把你一手帶大的？」這句話基本上就是她的口頭禪

用刨刀吧!!!

我的美麗日記——用刨刀去除死皮！！！
喬太太｜觀看次數：112 次

我們家 → 喬的鐵匠鋪 ←

我ㄨㄛˇ們ㄇㄣˊ家ㄐㄧㄚ是ㄕˋ一ㄧˋ棟ㄉㄨㄥˋ木ㄇㄨˋ造ㄗㄠˋ小ㄒㄧㄠˇ屋ㄨ，側ㄘㄜˋ面ㄇㄧㄢˋ與ㄩˇ喬ㄑㄧㄠˊ的ㄉㄜ鐵ㄊㄧㄝˇ匠ㄐㄧㄤˋ鋪ㄆㄨˋ相ㄒㄧㄤ連ㄌㄧㄢˊ。我ㄨㄛˇ從ㄘㄨㄥˊ教ㄐㄧㄠˋ堂ㄊㄤˊ墓ㄇㄨˋ園ㄩㄢˊ跑ㄆㄠˇ回ㄏㄨㄟˊ家ㄐㄧㄚ的ㄉㄜ時ㄕˊ候ㄏㄡˋ，鐵ㄊㄧㄝˇ匠ㄐㄧㄤˋ鋪ㄆㄨˋ已ㄧˇ經ㄐㄧㄥ打ㄉㄚˇ烊ㄧㄤˊ了ㄌㄜ，喬ㄑㄧㄠˊ一ㄧˋ個ㄍㄜˋ人ㄖㄣˊ坐ㄗㄨㄛˋ在ㄗㄞˋ廚ㄔㄨˊ房ㄈㄤˊ裡ㄌㄧˇ。

皮ㄆㄧˊ普ㄆㄨˇ，
你ㄋㄧˇ姊ㄐㄧㄝˇ已ㄧˇ經ㄐㄧㄥ去ㄑㄩˋ找ㄓㄠˇ
你ㄋㄧˇ十ㄕˊ二ㄦˋ次ㄘˋ了ㄌㄜ。

她ㄊㄚ剛ㄍㄤ又ㄧㄡˋ出ㄔㄨ門ㄇㄣˊ，
變ㄅㄧㄢˋ成ㄔㄥˊ**麵包師傅**
的十二啦ㄌㄚ！

真ㄓㄣ的ㄉㄜ嗎ㄇㄚ？

對ㄉㄨㄟˋ啊ㄚ。

喬ㄑㄧㄠˊ說ㄕㄨㄛ。

麵包師傅的十二

就是十三的意思，有些人（大多是老人）會這樣說。這個典故源自於很久以前的英國，如果一家麵包店賣給顧客的麵包偷工減料、重量不足，就會被懲罰。所以只要顧客買十二個麵包，麵包師傅就會多送一個，以免受罰。

例句：「你的茶要加幾顆糖？」
「麵包師傅的十二顆，謝謝。」

「更糟糕的是，她還帶著那根**搔癢棍**呢。」

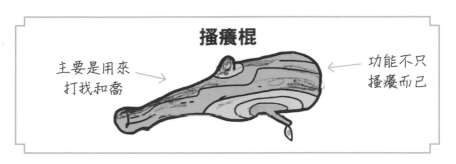

搔癢棍

主要是用來
打找和喬

功能不只
搔癢而已

　　「她一會兒坐下，一會兒站起來，然後就抓著搔癢棍**氣呼呼的**衝出去了，」喬說。「就是這樣，皮普。**她氣呼呼的衝出去了。**」

　　「她已經出去很久了嗎？」

　　「嗯……」喬抬頭看了一下時鐘。「離她氣呼呼衝出去大概有五分鐘了，皮普。**她要回來了！**小傢伙，快躲到門後面！」

我聽了喬的建議！

我姊姊猛的推開門，發現門後好像卡著什麼東西，於是立刻拿起搔癢棍東戳西戳。她最後把我丟給喬，喬又把我塞進煙囪裡，不動聲色的伸出他的大腳擋在壁爐前保護我。

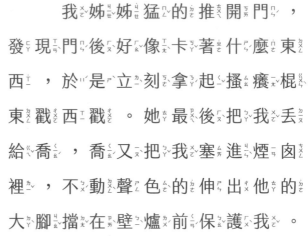

你這隻調皮的小猴子，你到底跑哪去了？

喬太太邊說邊跺腳。

我只是去教堂墓園而已。我說。

跺腳！
跺腳！

教堂墓園！

她重複我的話。

「要不是有我照顧你，你老早就住進墓園長眠啦！

是誰把你一手帶大的？」

「是妳。」我說。

「我為什麼要這麼做？你說來聽聽！」她大吼。

「我不知道。」我啜泣著說。

「你不知道！」她又大叫。

「要是能重來，我絕對不會這麼做！我清楚得很！當鐵匠的太太已經夠慘了，還要當你的媽媽！」

我早說過這句話是她的口頭禪了吧！

我_{ㄨㄛ}盯_{ㄉㄧㄥ}著_{ㄓㄜ}熊_{ㄒㄩㄥ}熊_{ㄒㄩㄥ}爐_{ㄌㄨ}火_{ㄏㄨㄛ}，想_{ㄒㄧㄤ}到_{ㄉㄠ}那_{ㄋㄚ}個_{ㄍㄜ}拖_{ㄊㄨㄛ}著_{ㄓㄜ}腳_{ㄐㄧㄠ}鐐_{ㄌㄧㄠ}在_{ㄗㄞ}沼_{ㄓㄠ}澤_{ㄗㄜ}地_{ㄉㄧ}遊_{ㄧㄡ}蕩_{ㄉㄤ}的_{ㄉㄜ}逃_{ㄊㄠ}犯_{ㄈㄢ}，想_{ㄒㄧㄤ}到_{ㄉㄠ}銼_{ㄘㄨㄛ}刀_{ㄉㄠ}、食_ㄕ物_ㄨ，還_{ㄏㄞ}有_{ㄧㄡ}我_{ㄨㄛ}許_{ㄒㄩ}下_{ㄒㄧㄚ}的_{ㄉㄜ}可_{ㄎㄜ}怕_{ㄆㄚ}誓_ㄕ言_{ㄧㄢ} —— 那_{ㄋㄚ}一_ㄧ切_{ㄑㄧㄝ}隨_{ㄙㄨㄟ}著_{ㄓㄜ}燒_{ㄕㄠ}紅_{ㄏㄨㄥ}的_{ㄉㄜ}煤_{ㄇㄟ}炭_{ㄊㄢ}和_{ㄏㄜ}復_{ㄈㄨ}仇_{ㄔㄡ}的_{ㄉㄜ}烈_{ㄌㄧㄝ}焰_{ㄧㄢ}浮_{ㄈㄨ}現_{ㄒㄧㄢ}在_{ㄗㄞ}我_{ㄨㄛ}眼_{ㄧㄢ}前_{ㄑㄧㄢ}。

「哈！」喬太太冷笑，把搔癢棍掛回原位。

掛好

教堂墓園，當然啦！你們很希望我快點進墳墓吧！要是真到了那一天，喲，我看你們兩個沒有我怎麼活！

嚼嚼嚼

抹了奶油的麵包

我趁此時偷偷把一大塊奶油麵包塞進褲管裡。

???

喬在準備咬第二口麵包時看向我，他發現我的奶油麵包不見了。

「現在又怎麼了？」我姊姊迅速放下她手中的茶杯問道。

((搖搖))

喬搖搖頭。　———————→

「到底怎麼了？」她繼續追問，語氣比剛才更嚴厲。

接著她大發雷霆，一把抓住喬。我在旁邊看著，心中充滿愧疚。「好了，這下你能告訴我怎麼回事了吧？」姊姊急促的吼著：

「你這隻只會乾瞪眼的大肥豬！」

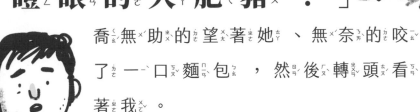

喬無助的望著她、無奈的咬了一口麵包，然後轉頭看著我。

「他一口氣吞下整塊麵包是不是？」我姊姊大吼。

她衝過來揪住我的頭髮，把我拎了起來，然後說出一句恐怖的話：

焦油水

一種盛行於中世紀，且號稱可以治百病的「萬靈丹」。由松焦油和水製成，有點像退燒糖漿，不過非常非常噁心。

你給我
過來吃藥！

一想到要偷姊姊的食物，我心裡就湧起一股強烈的罪惡感，快把我逼瘋了。

此時，一陣風從沼澤地吹來，爐火因此越燒越旺，火光不停閃爍。我彷彿聽見那個逃犯的聲音從外面傳來，說他**現在**要吃東西。

外面風很大呢❶

我餓死了，老弟。快拿食物來！

大概只是我的心理作用吧

如果人的頭髮會因為驚嚇而豎起來的話，我的頭髮當時一定都立起來了。

❶ 作者傑克註：我媽放屁的時候都會這麼說。

今天是平安夜，我必須幫忙攪拌明天要用的蛋糕糊。我拿著銅製攪拌棒不停攪拌，從七點一路攪到八點。

晚上7:05

晚上7:23

晚上7:38

晚上7:55

砰！ ← 這次外面真的傳來一聲巨響！

「你聽！」 我說，這時已經攪好蛋糕糊，趁著上床睡覺前最後一次坐在壁爐邊取暖。

喬，那是大炮的聲音嗎？

「昨晚有一個犯人逃走了，」喬說。「當時有放炮警告大家。現在可能又有一個人逃走了吧。」

通緝
-逃犯-

昨晚越獄！危險人物！
看到請小心！
切勿給予協助

通緝
-逃犯-

極可能是
危險人物！

是誰在放炮啊？

我接著問。

超害怕！

你這小鬼真煩，

我姊姊皺起眉頭插嘴。

「老是問個沒完。如果你不想被騙，就不要問問題。」

喬張大嘴巴對著我無聲說話，嘴形看起來好像是「會氣喘」三個字。

「她嗎？」我指著姊姊無聲的問道。

「是監獄船啦！」她扯開嗓門嚷道。

「哦！監獄船！」我看著喬說。喬咳了一聲，聽起來好像在責備說「我早就告訴你了。」

「可是，什麼是監獄船啊？」我又問。

浩……浩克？❷

❷ 譯註：監獄船原文為hulk，與綠巨人浩克的名字同音。

33

「這孩子就是這樣！」
我姊姊大聲嚷嚷。「回答他一個
問題，他又會接著問十幾個。
監獄船是用來關犯人的船，
就停在沼澤地對面。」

哦，監獄船！

「船上關的是什麼人？為什麼他們會被關？」我嘴巴上平靜的問，心裡卻急著想知道答案。

這時，喬太太受不了了，立刻站起來對皮普大吼：「我一手 把你帶大，不是要你拿一大堆問題來煩人！那些罪犯會被關在船上，是因為他們殺人，

「一手」又出現了！

搶劫，

還偽造藝術品。

總之他們做了各式各樣的壞事。他們小時候會學壞就是因為愛亂問問題。」

現在快去睡覺！

我摸黑上樓，姊姊最後講
的那番話讓我的頭陣陣刺痛。
顯然，我已經踏上了通往監獄
船的路。我不只亂問問題，還
打算偷姊姊的食物……

我害怕到睡不著覺，因為我心裡很
清楚，等到天一亮，我就得展開
行動，洗劫食品儲藏室。

← 太陽快出來了

我ㄨㄛˇ起ㄑㄧˇ床ㄔㄨㄤˊ、走ㄗㄡˇ下ㄒㄧㄚˋ樓ㄌㄡˊ，

樓ㄌㄡˊ梯ㄊㄧ上ㄕㄤ的ㄉㄜ裂ㄌㄧㄝˋ縫ㄈㄥˋ嘎ㄍㄚ吱ㄓ作ㄗㄨㄛˋ響ㄒㄧㄤˇ，

好ㄏㄠˇ像ㄒㄧㄤ在ㄗㄞˋ我ㄨㄛˇ身ㄕㄣ後ㄏㄡˋ大ㄉㄚˋ叫ㄐㄧㄠˋ著ㄓㄜ：

有ㄧㄡˇ小ㄒㄧㄠˇ偷ㄊㄡ！

喬ㄑㄧㄠˊ太ㄊㄞˋ太ㄊㄞˋ，快ㄎㄨㄞˋ起ㄑㄧˇ床ㄔㄨㄤˊ！

我ㄨㄛˇ走ㄗㄡˇ進ㄐㄧㄣˋ食ㄕˊ品ㄆㄧㄣˇ儲ㄔㄨˇ藏ㄘㄤˊ室ㄕˋ。沒ㄇㄟˊ時ㄕˊ間ㄐㄧㄢ浪ㄌㄤˋ費ㄈㄟˋ了ㄌㄜ。

我偷了：

一點麵包，

一些乳酪皮，

大約半罐餡餅內餡，

一點從陶壺裡倒出來的白蘭地，

優質白蘭地

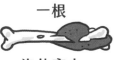

一根沒什麼肉的骨頭，

還有一塊漂亮又厚實的豬肉餡餅。

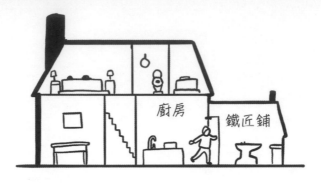

廚房裡有一扇通往鐵匠鋪的門。我打開鎖，拉開門閂，從喬的工具架上拿了一把銼刀。

到手了！

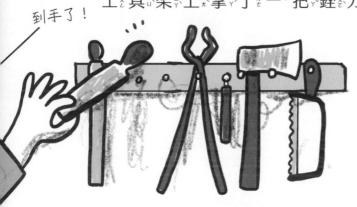

接著我把門照原樣鎖好，從昨晚回來時走的那扇大門出去，跑向霧濛濛的沼澤地。

往沼澤地！

第三章

　　沼澤地的霧氣更濃了，似乎並不是我朝眼前的一切奔去，而是眼前的一切朝著我跑來，這讓心懷罪惡感的我覺得很不舒服。

　　突然間，柵欄和沼澤灘衝破了濃霧，出現在我面前，彷彿正大喊著顯而易見的事實：「有個男孩偷了別人的豬肉餡餅！快抓住他！」

　　牛群也突然現身；牠們瞪大眼睛，用鼻孔噴氣，好像在說：

喂，你這個小偷！

我跨過水溝，爬上那裡的小丘，看見那個男人就坐在前面。他背對著我，兩隻手臂交叉抱胸，正在點頭打瞌睡。

接著我輕手輕腳走了過去，戳戳他的肩膀。

男人立刻跳了起來，但他不是我之前遇到的那個人，而是別人！這個男人同樣穿著灰色的粗布衣，腳上掛著腳鐐。他走路一拐一拐，聲音沙啞，身體也冷得直發抖；除了長相和頭上的低頂寬邊帽之外，他和另一個男人簡直一模一樣。

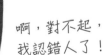

啊，對不起，我認錯人了！

他破口大罵，朝我揮了一拳（可是他這一拳力氣不大，而且沒打中。反倒是他差點撲倒在地）。

接著他往霧裡跑去，

一路上還絆倒兩次，

然後消失了。

過沒多久，我就看到那個和我相約的男人。他將手臂環抱在胸前，一跛一跛的來回踱步，正在等著我。

他一定覺得很冷吧。

我覺得他可能會在我面前倒下，因凍僵而死。

從他的眼神也能看得出來他餓壞了。這一次，他沒有把我頭下腳上拎起，搶走我身上的東西，而是讓我好好站著。我打開包包，把口袋裡的東西全都拿出來給他。

他狼吞虎嚥的把餡餅內餡、帶肉的骨頭、麵包、乳酪和豬肉餡餅一口氣吃下肚，還一邊疑神疑鬼環顧周遭的迷霧，不時停下來豎起耳朵仔細聆聽。

我的狗也是
這樣吃飯

啊姆！
啊姆！
啊姆！
啊姆！
啊姆！
啊姆！
啊姆！
啊姆！

「好吧，我相信你。」說完他便用粗糙的破衣袖抹了抹眼睛。

當他吃起豬肉餡餅時，我鼓起勇氣開口說：「你喜歡這個餡餅真是太好了。」

「我很喜歡。謝了，老弟。」

「我想，你應該不會留給他吃？」我怯生生的說。

留給他吃？

他是誰？

我的新朋友停止咀嚼餅皮。

「那邊那個人啊，」我指著遠方說。「就在那裡——剛才我看到他在打瞌睡，還以為他是你呢。」

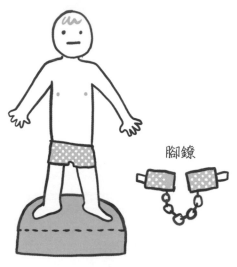

帽子

「他穿得跟你很像，只是多了一頂帽子。」

灰色上衣　　灰色褲子

腳鐐

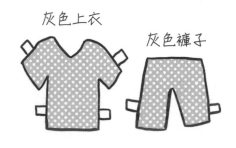

「他在哪裡？」他把僅剩的一點食物塞進衣服裡。

快跟我說他跑哪去了！

我會像獵犬一樣追到他，給他好看！

這可惡的腳鐐，弄得我的腳好痛！

孩子，把搓刀給我。

我指向那個男人在霧裡消失的方向。他抬起頭來望了望，接著便坐在雜草叢生的潮溼草地上用銼刀瘋狂的銼腳鐐。

我又開始害怕起來，也擔心自己已經出門太久，於是便告訴他我該回家了，可是他好像沒聽到。我想我還是快點溜走比較好……我最後聽到的，是他不停用銼刀銼腳鐐的摩擦聲。

嘎！
吱！
銼！

後來……

我以為會有警察坐在廚房等著逮捕我。不過家裡沒有警察，也還沒有人發現我偷東西。

喬太太為了節慶忙得團團轉，正在打掃屋子。她把喬趕到廚房，要他在臺階上坐好，免得他站在畚箕前礙手礙腳。

你**到底**跑去哪了？

這句話是喬太太給我的聖誕祝賀詞。

這當然是謊話

我說。

餐桌擺滿了豐盛的大餐，客人們也都抵達了。一切都很美好。沒有人提到有東西被偷。

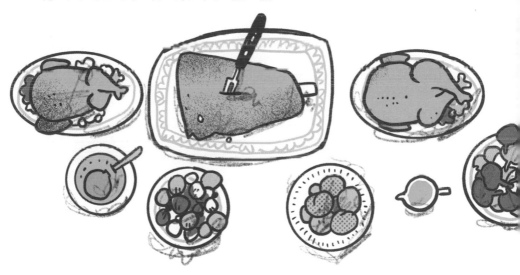

姊姊開始細數我生過的病，說我不乖乖睡覺，說我曾經爬到高處摔下來、曾經從哪裡滾下去，曾經怎樣把自己弄受傷。

她還說她一直很希望我快點進墳墓，但我偏偏不順她的意。

可是這些奚落，跟我看到喬太太靠近食品儲藏室時的感覺比起來，根本不算什麼。

我伸出雙手**緊緊**握住桌布下的桌腳，等待厄運降臨。

漸漸的，我的心情平靜下來，手也慢慢鬆開。

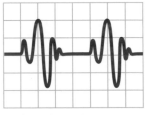

壓力讓我的心跳得好快！

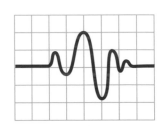

開始冷靜了一點

握緊！

正當我心想今天能逃過一劫時，我姊姊對喬說：「拿乾淨的盤子來。」

我馬上又緊緊抓住桌腳。我可以預見接下來會發生什麼事，這次我真的完蛋了。

「你們一定要嘗嘗，」我姊姊親切的對大家說。「這是最後一道菜，你們一定要吃吃看美味又可口的……」

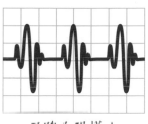

又陷入恐慌！

餡餅！

不會是那個餡餅吧！！！

姊姊邊講邊站起身。

鹹香好吃的豬肉餡餅。

應該是消失的豬肉餡餅……

客人們紛紛低聲說出讚美的話語。

姊姊走出去拿餡餅。我聽見她的腳步聲慢慢接近食品儲藏室。我覺得自己再也受不了了，一定要逃跑才行。我的手鬆開桌腳，沒命似的衝出去。

我才跑到門口，就一頭撞上一群配著火槍的士兵。其中一個人伸出拿著手銬的手，對我說：

找到了，來吧，動作快！

噢，糟了！

第四章

看到這麼多士兵，客人們慌張的從餐桌旁站起來，搞不清楚到底是怎麼回事。

喬太太兩手空空的走回廚房。「我的天哪，豬肉餡餅居然不見了！」她說。

協尋啟事

一塊漂亮的

豬肉餡餅

各位先生女士，不好意思，

軍官說。

「我們奉國王之命在追捕逃犯，但現在我需要找鐵匠。這副手銬壞了，可以請你幫忙看看嗎？」

← 斷了！

喬打量了一下手銬。他說一個小時不夠，大概要花兩個小時才能修好。

嗯……

喬‧葛格里鐵匠鋪
工時評估表
修理手銬
‧焊接鐵鍊　　　30分鐘
‧檢查扣環　　　15分鐘
‧清潔插銷　　　15分鐘
‧安裝鉚釘　　　1小時
───
所需時間：2小時（左右）

「那就請你**馬上開工**吧，鐵匠師傅！」軍官說。

「軍官先生，是逃犯嗎？」我姊姊問道。

對！

軍官回答。「有兩名逃犯。根據我們掌握的情報，他們現在還躲在沼澤地。你們有人看過他們嗎？」

除了我以外的人都堅決否認。

沒有人想到要問我。

沒耶

沒有

一個影子也沒看到

拜託不要問我！！！

砰！
鏘！
砰！
鏘！
砰！
鏘！

喬走進鐵匠鋪。
他開始敲敲打打、打打敲敲。
我們都在一旁看。

砰！
鏘！
砰！
砰！
鏘！
砰！
鏘！
砰！

砰！
砰！
鏘！

鏘！

終於，喬把手銬修好了，響亮的敲打聲和風箱的轟隆聲也隨之停止。

修好了！ ⟶

喬提議**我們**跟著士兵一起去，看看搜索的結果……前提是，如果喬太太同意的話。

要是那個孩子被槍打到**腦袋開花**……別指望**我**把碎片拼回去。

我們踏進外頭刺骨的寒風中，一步步往前走。我心懷罪惡感的對喬低語：「喬，希望我們不會真的找到那些逃犯。」

我們穿過墓園大門，走進遼闊的沼澤地。嚴寒的雨雪隨著東風吹來，打在我們的身上。喬把我背了起來。

現在我們來到陰鬱淒涼的荒野，也就是之前那兩個男人的藏身處。這時我才害怕的想到，假如我們遇見他們，那名要我帶東西給他的逃犯會不會認為是我把士兵帶來這裡的？

我趴在喬寬大的肩膀上，一顆心有如鐵匠打鐵般撲通撲通狂跳。

我東張西望，想尋找逃犯的蹤影，可是什麼也沒看到，什麼也沒聽到。

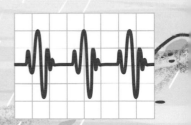

突然間，我彷彿聽見銼刀銼著腳鐐的聲音，嚇了一大跳。但其實只是綿羊身上的鈴鐺在響。

士兵們朝舊炮臺的方向走去，我們則隔了一段距離跟在他們後面。突然間，所有人都停下腳步。

因為有一聲長長的呼喊穿過了風雨，傳進我們耳裡。

> 嘿！

聲音是從東邊傳過來的，聽起來離我們很遠，但那一聲很悠長、很響亮。

不對，好像有兩個人或更多人在大呼小叫。

> 嘿！　　喂！

東邊 →

軍官命令士兵們加緊腳步，立刻朝聲音的方向前進，於是我們便跟著往右（也就是東邊）走。

我們跑下沼澤灘，又爬上沼澤灘，

翻過了柵欄，然後嘩啦啦涉水越過渠道，

再飛快穿過扎人的燈心草叢。

離呼喊聲越近，我們也聽得越清楚。

有人在大喊：

殺人啦！

另一個聲音
接著大叫：

衛兵！逃犯
在這裡！

軍官一馬當先衝了過去，其中
兩名士兵也緊跟在後。

你們兩個，
快點投降！

又有幾名士兵跳進溝渠，協助軍官把兩名逃犯拉開。

他們兩人都受傷流血、不斷喘氣，扭著身子想要掙脫。

記住！

我認識的那個逃犯一邊大吼，一邊用破爛的衣袖擦去臉上的鮮血，甩掉纏在手指上的頭髮。

是我抓到他的！

是我把他交給你們的！

你們可別忘了！

好了，老兄

你過來

另一個逃犯鼻青臉腫，他全身上下都是瘀青和傷口，喘得上氣不接下氣，還得靠在一個士兵的身上才不至於跌倒。等到他們各自被銬上手銬後，他才終於開口。

「他想殺我。」這是他說的第一句話。

我想**殺**他？

我認識的那個逃犯輕蔑的說。

我阻止他跑出沼澤地，還把他大老遠拖來這裡，拖了好長一段路咧！

「別ㄅㄧㄝˊ吵ㄔㄠˇ了ㄌㄜ，」那ㄋㄚˋ名ㄇㄧㄥˊ軍ㄐㄩㄣ官ㄍㄨㄢ說ㄕㄨㄛ。
「點ㄉㄧㄢˇ燃ㄖㄢˊ火ㄏㄨㄛˇ把ㄅㄚˇ。」

我ㄨㄛˇ認ㄖㄣˋ識ㄕˋ的ㄉㄜ那ㄋㄚˋ個ㄍㄜ˙逃ㄊㄠˊ犯ㄈㄢˋ
這ㄓㄜˋ時ㄕˊ才ㄘㄞˊ環ㄏㄨㄢˊ顧ㄍㄨˋ四ㄙˋ周ㄓㄡ。
他ㄊㄚ看ㄎㄢˋ到ㄉㄠˋ我ㄨㄛˇ了ㄌㄜ˙。

我輕輕的
動了動手，
搖搖頭。

其實我一直在等他看我，這樣
我才能向他保證這件事和我無關。
他瞄了我一眼，但馬上將眼神
撇開。我不明白他的意思，不曉得
他有沒有看懂我的暗示。

士兵點亮了三、四支火把。原先昏暗的天色現在似乎更暗了。過沒多久，周遭變得漆黑一片，伸手不見五指。

　　「出發。」軍官下令。兩名逃犯被隔開，身旁各有一個士兵看守，並保持距離的往前走。喬一手舉著火把，我握住他的另一隻手。

　　一路上火把落下許多餘燼。我看著那些灰燼落在地上冒出輕煙，閃著火星，除此之外只有無盡的黑暗，什麼也看不見。

　　就在這時，我認識的那名逃犯突然對軍官說：「我想說一下逃跑時發生的事。」

「要說什麼快說。」軍官停下腳步站在原地，冷冷的看著他。

「我從那邊的村子拿了一些吃的東西。就是沼澤地再過去，有一座教堂的那個村子。」

「你分明是用偷的。」軍官說。

「我會和你說是從哪一家拿的，就是鐵匠家。」

軍官瞪大眼睛望著喬。

「這麼說，你就是鐵匠囉？」那個逃犯完全不看我，逕自開口。

抱歉，
我吃了你的
豬肉餡餅。

儘管吃，
別客氣。我們也
不希望你餓死。
對吧，皮普？

我們跟著逃犯來到用粗陋木樁
和岩石搭建而成的渡口，
目送他坐上小船，和一群
跟他一樣的犯人划船離開。
在火把的照耀下，我們看見
黑色的監獄船就停在離泥岸邊
不遠的地方，有如一艘
邪惡的諾亞方舟。

好了，皮普，
我們走吧。

喂，你們！
快划！

監獄船停泊在那裡，被
生鏽的巨大鐵鍊纏住、鎖住，
彷彿是戴著鐐銬的犯人。
我們望著小船划到
監獄船旁邊，看著那個逃犯
被押上大船，就此消失。
接著，我們將燃燒的
火把頭扔進水裡……

嘶！

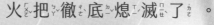

火把徹底熄滅了。

鐵匠養

史密斯樂團的歌播放中 ③

我的未來已經規劃好了。

我要當喬的學徒，

跟他一樣成為鐵匠。

我非常期待。

我把鐵砧取名叫阿砧，

鐵鎚叫小鎚。

在此同時，我的姊姊說我不能太嬌生慣養。

所以她要我幫鄰居打雜……

我會做像是撿石頭，

還有把鳥兒嚇走之類的工作。

❸ 譯註：史密斯樂團的英文原名為The Smiths；鐵匠的英文是smith或blacksmith。

（……而且我賺的錢都要交給她！）

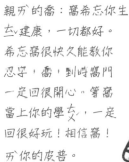

第五章

一年後……

「哎ㄞ，」喬ㄑㄧㄠ太ㄊㄞ太太興ㄒㄧㄥ奮ㄈㄣ的ㄉㄜ匆ㄘㄨㄥ匆ㄘㄨㄥ解ㄐㄧㄝ開ㄎㄞ帽ㄇㄠ繩ㄕㄥ，把ㄅㄚ帽ㄇㄠ子ㄗ往ㄨㄤ後ㄏㄡ撥ㄅㄛ，掛ㄍㄨㄚ在ㄗㄞ肩ㄐㄧㄢ上ㄕㄤ。「要ㄧㄠ是ㄕ這ㄓㄜ孩ㄏㄞ子ㄗ今ㄐㄧㄣ晚ㄨㄢ還ㄏㄞ不ㄅㄨ知ㄓ**感ㄍㄢ恩ㄣ**，這ㄓㄜ輩ㄅㄟ子ㄗ就ㄐㄧㄡ再ㄗㄞ也ㄧㄝ沒ㄇㄟ機ㄐㄧ會ㄏㄨㄟ啦ㄌㄚ！」

我ㄨㄛ盡ㄐㄧㄣ可ㄎㄜ能ㄋㄥ擺ㄅㄞ出ㄔㄨ感ㄍㄢ恩ㄣ的ㄉㄜ表ㄅㄧㄠ情ㄑㄧㄥ，但ㄉㄢ我ㄨㄛ根ㄍㄣ本ㄅㄣ不ㄅㄨ知ㄓ道ㄉㄠ有ㄧㄡ什ㄕ麼ㄇㄜ好ㄏㄠ感ㄍㄢ恩ㄣ的ㄉㄜ。

哈ㄏㄚ維ㄨㄟ森ㄙㄣ小ㄒㄧㄠ姐ㄐㄧㄝ，

我ㄨㄛ姊ㄐㄧㄝ姊ㄐㄧㄝ説ㄕㄨㄛ。

← 努力擺出
感恩的表情

「她想請這孩子去她家玩。他當然要去，而且**最好**給我玩得開心一點，否則我就要他好看！」

我聽過哈維森小姐這號人物，方圓幾英里內的人都知道她的名字。聽說她非常有錢，個性冷酷無情。她住在一棟陰森的大房子裡，還設了嚴密的保護措施防範盜賊，過著與世隔絕的生活。

哈維森小姐

超有錢！

超冷酷！

「這孩子的**前途**全靠這一次了！」我姊姊説。

話一一說完，她便像老鷹抓小羊般撲向我，把我的臉按進水槽中的木盆裡，然後將我的頭湊近水龍頭。她幫我：

嘎！

抹上肥皂，

東搓西揉，

用毛巾擦乾，

然後又捶，

又擠，

又磨，

弄得我暈頭轉向！

洗完後，姊姊要我換上一套很緊、穿起來很難受的衣服，接著她把我送上馬車。

喬，再見！

皮普老弟，願上帝保佑你！

我到底為什麼要去哈維森小姐家玩？她究竟要我玩什麼呢？

不ㄅㄨˋ到ㄉㄠˋ十ㄕˊ五ㄨˇ分ㄈㄣ鐘ㄓㄨㄥ，我ㄨㄛˇ就ㄐㄧㄡˋ抵ㄉㄧˇ達ㄉㄚˊ哈ㄏㄚ維ㄨㄟˊ森ㄙㄣ小ㄒㄧㄠˇ姐ㄐㄧㄝˇ家ㄐㄧㄚ了ㄌㄜ。那ㄋㄚˋ是ㄕˋ一ㄧ棟ㄉㄨㄥˋ用ㄩㄥˋ磚ㄓㄨㄢ瓦ㄨㄚˇ砌ㄑㄧˋ成ㄔㄥˊ的ㄉㄜ老ㄌㄠˇ房ㄈㄤˊ子ㄗ，上ㄕㄤˋ面ㄇㄧㄢˋ裝ㄓㄨㄤ了ㄌㄜ數ㄕㄨˇ不ㄅㄨˋ清ㄑㄧㄥ的ㄉㄜ鐵ㄊㄧㄝˇ欄ㄌㄢˊ

杆，看起來十分陰沉。有些窗戶用磚頭封死了，其他位置比較低的窗戶則裝有生鏽的鐵條。

房子前面有個庭院，但也裝上了鐵柵門。我搖搖門鈴，站在外面等人來開門。

薩提斯莊園

一扇窗戶向
上拉起，一個清
脆的嗓音問道：

誰啊？

「皮普。」我回答。

「知道了。」那個聲音說，窗
戶再度關上。接著，一個年輕的女
孩拿著一串鑰匙穿過庭院，朝大門
走來。

你就是
皮普嗎？

女孩問道。
她長得非常漂亮，
看起來挺高傲的。

進來吧，
皮普。

她鎖上大門，我們一起走過庭院。院子裡鋪有石板路，打掃得很乾淨，不過仍有許多小草從石板縫裡探出頭來。這裡的風似乎比外面的風更加陰冷；寒風不斷怒吼，在敞開的釀酒坊裡亂竄，發出尖厲刺耳的聲音，和海上狂風在船索間的呼嘯聲不相上下。

孩子，
別閒晃了。

側門

雖然她叫我「孩子」，但她的年紀其實跟我差不多。她看起來比我大一點點，不過對我的態度卻非常不屑，彷彿她是二十多歲、高高在上的女王。

我們從側門進屋。我注意到的第一件事是屋裡的每條走道都很暗，只有一根女孩剛才點亮的蠟燭在黑暗中燃燒。

她拿起蠟燭，我們穿過幾條走道後

踏上樓梯。四周依舊一片漆黑，

只有小小的燭光為我們照明。

終於，我們來到一個房間門口。

「進去吧。」那個女孩說。

「女士優先。」我回答。

「別鬧了，孩子，我才不進去呢。」

她語帶輕蔑的回應，

說完便轉身離開。

更糟糕的是，

她連蠟燭也

帶走了。

我覺得很不舒服，心裡有點害怕，但還是硬著頭皮敲門。門裡傳來一個聲音要我進去。我推開門，只見眼前出現一個很大的房間，裡面點著許多蠟燭。

沒有一絲陽光透進房間裡。從家具和擺設來看，我猜這裡是一間更衣室。

扶手椅上坐著一位夫人，她一隻手肘擱在桌上用手撐著頭。她是我見過

最奇怪的女士，

沒有人比她更怪了。

呃……嗨。

她穿著
一襲白衣、白鞋，

還披著一條
長長的頭紗。

她的頭上還
別著新娘的
花飾，但她
的頭髮已經
變得花白。

我記得有一次，有人帶我去沼澤地裡的老教堂看骷髏。那具骷髏是從教堂的地下墓穴挖出來的，骸骨上的華貴服飾早就化成灰了。

而眼前這位夫人，就像一具有著骨碌碌黑色雙眼的骷髏般，盯著我看。

你是誰？

坐在桌邊的女士問道。

女士，我是皮普。

皮普？

我是……來玩的。

過來，讓我看看你。靠近一點。

我走到她面前，眼神迴避她的目光。我注意到她的手錶停了，停在八點四十分，房間裡的時鐘

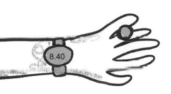

也一樣停在八點四十分。

「看著我，」哈維森小姐說。「你不怕一個從你出生後就沒見過陽光的女人吧？」

不怕。

其實怕得要命

「你知道我**這裡**是什麼嗎？」她將雙手疊在左胸口問道。

「知道，女士。」

「是什麼？」

「妳的心。」

碎了！

她說著，臉上揚起一抹詭異的微笑。她把手放在胸前好一會兒才慢慢挪開，好像她的手很沉重似的。

「我好無聊，」哈維森小姐說。「我想來點娛樂，**你開始玩吧**。」

呃⋯⋯
什麼？

我愣在原地望著哈維森小姐。

「去門口，」她飛快瞥了我一眼。「叫艾絲黛拉來。」

於是，我在這棟陌生的房子裡，站在漆黑又神祕的走道上放聲大喊：

艾絲黛拉！

過了一會兒，她總算回應了。燭光如星星般閃耀，沿著漆黑的走道而來。

哈維森小姐招手要她靠近一點兒。

我無意間聽見哈維森小姐回答她：「妳知道嗎？妳可以讓他心碎哦。」

「孩子，你想玩什麼？」艾絲黛拉問道。

「小姐，我只會玩**搶鄰居**。」

「把他的牌全都搶過來。」哈維森小姐對艾絲黛拉說。於是我們坐下開始玩牌。

搶鄰居
（卡牌遊戲）

玩家輪流翻牌放在桌子中央。如果翻到J、Q、K或A，就可以把對方的牌收走。最後拿到所有牌的人就是贏家。

（詳細的遊戲規則請上網搜尋）

我們玩牌的時候，哈維森小姐坐在一旁，像屍體般動也不動。她身上那件老舊婚紗的皺褶花邊，看起來就像泛黃的紙。

「他居然把騎士牌叫成老 K」！」第一局還沒玩完，艾絲黛拉就用瞧不起人的口吻說。

A	國王	皇后	~~老 K~~

騎士
（上流社會的說法）

我以前從來沒想過有一天我會以自己的手為恥。最後艾絲黛拉贏了，她還罵我是個：

愚蠢又

笨拙

工人家的孩子。

不要看我粗糙的手！

「你都沒有回嘴，」旁觀的哈維森小姐對我說。「她對你講了這麼多難聽的話，你卻沒回她半句。你覺得艾絲黛拉怎麼樣？」

「我……我不想說。」我結結巴巴的回答。

「那你在我耳邊說給我聽就好。」哈維森小姐彎下腰湊過來。

「我覺得她很高傲。」我小聲的說。

還有呢？

我覺得她很漂亮。

還有嗎？

我覺得她很沒禮貌。

（艾絲黛拉露出極度厭惡的表情看著我。）

「還有別的嗎？」

「我覺得我該回家了。」

「你很快就能回家了，」哈維森小姐大聲說。「先把這一局打完。」

我和艾絲黛拉把這局牌打完，她把我的牌都贏走了。

我贏了！

牌被搶光光

贏得所有牌後，艾絲黛拉把紙牌全扔到桌上。

「下次你要什麼時候來呢？」哈維森小姐自言自語的說。「讓我想想。」

我正想提醒她今天是星期三，可是我才準備開口，她便不耐煩的揮動右手阻止我說下去。

好了好了！我搞不懂什麼星期幾，也不曉得一年有幾週。

反正你六天後再來就對了，聽到沒有？

是的，女士。

艾絲黛拉，把他帶走。

皮普，你走吧。

我跟著燭光走下樓，就像剛才跟著燭光上樓一樣。下樓後，艾絲黛拉把蠟燭放回原位。

我望著自己粗糙的雙手和普通的靴子。過去我不覺得它們有什麼問題，現在看著卻很煩心。我決定回家後要問喬，為什麼他跟我說那些牌叫老J？應該叫騎士才對。

嗚嗚！

如此被羞辱、被瞧不起，我覺得既丟臉、受傷、生氣，又難過。淚水不停在眼眶裡打轉。

艾絲黛拉看著我，臉上閃過一絲愉悅，然後她就離開了。

哈哈，傻瓜！
這樣就哭啦？

她走之後，我把手臂靠在牆上，將臉埋進臂彎放聲大哭。我邊哭邊踢牆，拚命扯著頭髮，心裡好氣、好恨、好痛苦。

哇哇！
嗚嗚嗚！
大哭！

踢！

第六章

　　我按照約定的時間再次來到哈維森小姐家。我猶豫了一下才搖搖門鈴，艾絲黛拉像上次一樣開門讓我進去。她把門鎖上之後，帶著我來到那條放著蠟燭的陰暗走道。

我們伴著燭光沿著漆黑的走道往前走，艾絲黛拉卻突然停下腳步，把臉湊到我面前，用嘲弄的語氣說：「嗯？」

「怎麼了，小姐？」我差一點撞上她。

她站在那裡看著我，我也站在那裡看著她。「我漂亮嗎？」

「漂亮。我覺得妳非常漂亮。」

我很無禮嗎？

不像上次那麼無禮了。

我回答。

是嗎？

對。

她問最後一個問題時突然發飆，
聽到我的回答後，她

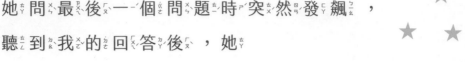

狠狠的賞了我一巴掌。

「那現在呢？」她又問。「你這個粗俗的小鬼，你現在覺得我怎麼樣？」

「我不想說。」

「因為你想要到樓上打小報告，對不對？」

「沒有，」我說。「沒這回事。」

「你這可憐蟲，你怎麼不哭了？」

「我不會再為妳哭了。」我回答。

我們馬上來到哈維森小姐的房間。她本人和房裡的一切，跟我上次離開時一模一樣。哈維森小姐的眼神從梳妝臺移開，瞄了我一眼。

哎呀，

她說。她的語氣平淡，沒有一絲驚訝。

時光飛逝，對吧？

「到對面的房間去，」她用枯瘦的手指著我身後的門說。「在那裡等我。」

這間房間很寬敞，我敢說它以前一定很美。只是現在，所有我能辨認的東西不是覆蓋著厚厚的灰塵，就是爬滿了黴菌，變得破碎不堪。其中最顯眼的，是一張鋪著桌布的長桌，彷彿之前有一場盛宴已經準備就緒，可是時空卻突然靜止了。

我的天哪！

桌子中央好像有個宴會裝飾品，但因為上面掛滿了蜘蛛網，已經看不出來原本的形狀，現在它看起來就像個黑色大木耳之類的東西。我看到許多腳上有花紋、全身長滿斑點的蜘蛛跑進跑出，把那個神祕物體當成自己的家。

除此之外，我還聽見老鼠在牆板後方窸窸窣窣的聲音；黑色甲蟲則像老人家一樣在壁爐邊摸索，慢吞吞的爬行。

哈維森小姐把一隻手放在我的肩上，另一隻手握著用來支撐身體的拐杖。她看起來就像住在這裡的女巫。

「我死了以後就要放在這裡。」她用拐杖指著長桌說。

大家要來這裡瞻仰我的遺容。

嚇傻！

「你覺得那是什麼？」她又用拐杖指著那個像黑木耳的東西問道。「就是那個，長了很多蜘蛛網的東西。」

我猜不出來，夫人。我回答。

那是一個大蛋糕，一個結婚蛋糕……

我的蛋糕！

107

她充滿怒火的眼神掃過整個房間，接著她靠向我，手抓住我的肩膀說：「好了好了！

陪我走走，

陪我走走！」

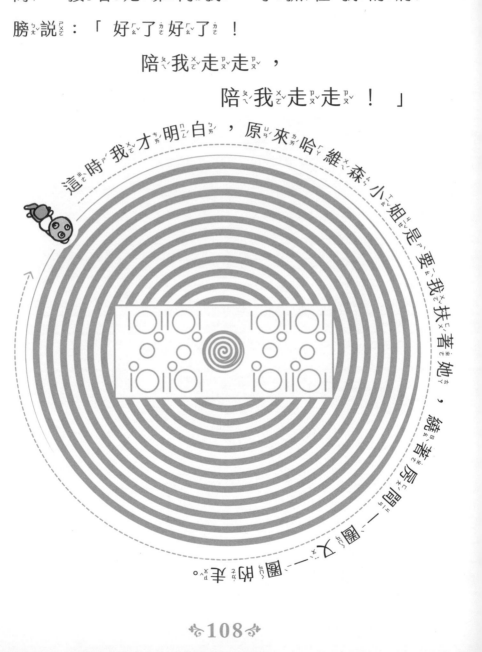

這時我才明白，原來哈維森小姐是要我扶著她，繞著房間一圈又一圈的走。

最後，她在爐火前停下腳步。她凝視爐火好一陣子，喃喃低語了幾句，接著她對我說：

皮普，今天是我的生日。

我正要開口祝她生日快樂時，她舉起了拐杖。

「某年的今天，遠在你出生之前，這堆**腐爛的垃圾**被送到這裡。」她用拐杖指著桌上爬滿蜘蛛網的蛋糕，但沒有碰到。「從那時起，我就和它一起逐漸凋零衰敗。老鼠不斷啃食著它，而比老鼠牙齒更尖銳的東西則不斷啃食著我。」

她望著長桌，用拐杖頭抵住自己的心口。

「等這一切化為烏有，」她繼續說，臉色如死人般慘白。「等我穿著婚紗的屍體，躺在婚宴桌上長眠。沒錯，我死後就要這樣，這將是我對**他**最後的詛咒！」

我默不作聲。

「他」是誰啊？

在我和艾絲黛拉玩了
五、六局的牌之後，哈維森
小姐告訴我下一次再來的時間，
然後我就被帶到樓下的庭院，
獨自一人隨心所欲的
四處遊蕩。
走著走著，我看見一道
先前沒看過的大門。
門是開的，我慢慢走了進去，
在花園裡東逛西逛。
花園裡長了好多雜草。

我轉過身，赫然發現
自己正和一個膚色蒼白、
眼皮發紅、長了一頭淡金
髮的男孩相互對望。

　　「喂！」他喊了一聲。

　　「喂！」我回敬一句。

　　「誰讓你進來的？」他問道。

　　「艾絲黛拉小姐。」

　　「誰准你到處閒晃的？」

　　「艾絲黛拉小姐。」

過來跟我打一架！

那位年輕蒼白的
紳士說。

我大吃一驚，整個人像被下咒一樣乖乖跟他走。

「等等，」他轉身說。「我應該要給你和我打架的理由才對。」

他馬上兩手一拍，

啪！

優雅的朝後方踢了一腳，

咻！

扯我頭髮，

抓！

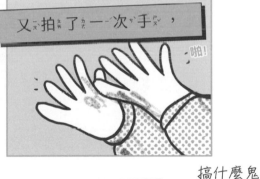

又拍了一次手，

啪！

低下頭，

低頭！

接著朝我的肚子猛撞過來。

搞什麼鬼……？！

咚！

　　我出手給他一拳。正當我準備再度攻擊時，他說：「哈！放馬過來！」然後開始跳前跳後。

　　「打架有打架的規矩！」他一下跳到左邊，一下又跳到右邊。「一切都要照規矩來！」

年輕蒼白的紳士 vs 閒晃男孩 菲利普·皮瑞普

　　他就這樣跳來跳去，前後閃躲，做了各式各樣的怪動作。我只能一臉無奈的看著他。

拳擊大賽 ★ ★ ★ ★ ★

第一回合！

我這輩子從來沒有這麼驚訝過。我使出第一拳，只見他四腳朝天倒在地上，睜大眼睛看著我，鼻血流個不停。

不過他立刻爬起來，熟練的用海綿擦去血痕，再度擺出決鬥姿勢。

第二回合！

這是我這輩子遇上最讓我詫異的第二件事。我才揮出第二拳，他便再次倒地不起，用一隻瘀青的眼睛仰望著我。

看ㄎ樣ㄧ子ㆍ，
是ㄕ你ㄋㄧ贏ㄧㄥ了ㄌㄜ。

　　「需ㄒㄩ要ㄧㄠ幫ㄅㄤ忙ㄇㄤ嗎ㄇㄚ？」我ㄨㄛ問ㄨㄣ他ㄊㄚ。
「不ㄅㄨ用ㄩㄥ，謝ㄒㄧㄝ了ㄌㄜ。」他ㄊㄚ回ㄏㄨㄟ答ㄉㄚ。「再ㄗㄞ
見ㄐㄧㄢ。」我ㄨㄛ說ㄕㄨㄛ。「再ㄗㄞ見ㄐㄧㄢ。」他ㄊㄚ說ㄕㄨㄛ。
　　我ㄨㄛ回ㄏㄨㄟ到ㄉㄠ庭ㄊㄧㄥ院ㄩㄢ，發ㄈㄚ現ㄒㄧㄢ艾ㄞ絲ㄙ黛ㄉㄞ拉ㄌㄚ拿ㄋㄚ
著ㄓㄜ鑰ㄧㄠ匙ㄕ在ㄗㄞ等ㄉㄥ我ㄨㄛ。她ㄊㄚ沒ㄇㄟ有ㄧㄡ問ㄨㄣ我ㄨㄛ跑ㄆㄠ去ㄑㄩ哪ㄋㄚˇ
裡ㄌㄧ，也ㄧㄝ沒ㄇㄟ有ㄧㄡ問ㄨㄣ我ㄨㄛ為ㄨㄟ什ㄕㄣˊ麼ㄇㄜ留ㄌㄧㄡ她ㄊㄚ在ㄗㄞ那ㄋㄚˋ裡ㄌㄧ
等ㄉㄥ待ㄉㄞ。

她的臉頰泛起一陣紅暈，好像有什麼開心的事。她沒有走向大門，反而是退到走道上，招手要我過去。

　　「過來！如果你想的話，可以親我一下。」

　　她把臉轉過來，我便親了她的臉頰。

第七章

哈維森
小姐的房間

另一個
房間

　　後來我每隔一天就去哈維森小姐家，在那裡也有了固定的工作：負責推輪椅讓哈維森小姐在房間裡繞圈（當她覺得煩，不想扶我的肩膀走路時就會坐輪椅），然後經過走道，到另一個房間裡繞圈。就這樣不斷重複，有時甚至一口氣繞了三小時之久。

每次都是艾絲黛拉開門讓我進去，並送我離開。她老是在我附近閒晃，可是她沒有再叫我親她。

有時她對我很冷淡。

有時又很親切。

有時則氣呼呼的說她討厭我。

有時哈維森小姐會把艾絲黛拉摟進懷裡，在她耳邊說悄悄話，聽起來就像：

妳是我的驕傲、我的希望，狠狠傷透他們的心，不要手下留情！

我們就這麼過了好一陣子，而且似乎還會持續這樣過下去。但有一天，哈維森小姐在我們散步時突然停下腳步。

　　「你說你們家那個鐵匠叫什麼名字？」

　　「他叫喬‧葛格里，女士。」

　　「你最好馬上開始當他的學徒。如果我請葛格里跟你一起來，他會答應嗎？」

　　我說他肯定會覺得很榮幸。「那要約什麼時候過來呢，哈維森小姐？」

　　「好了好了！我不曉得要約什麼時候，反正盡快，跟你一起來就對了。」

* * *

　　喬換上星期日上教堂時會穿的服裝，準備陪我去哈維森小姐家。看著他換衣服，我心裡好難受，因為我知道這身衣服會讓他渾身不自在，他是為了我才這麼做的。

更衣室

　　也是因為我，他才立起脖子後面的衣領。這讓他頭頂上豎起來的頭髮，看起來好像一簇羽毛。

「你就是這孩子的姊夫嗎？」真想不到，我親愛的喬這時看起來完全不像平常的他，反而跟一隻怪鳥沒兩樣。他頂著那頭像羽毛的亂髮站在那裡，說不出話來，彷彿想吃小蟲般，嘴巴還微微張開。哈維森小姐又問了一次。

你是這孩子的姊夫，

對吧？

呃……對。我娶了他姊姊。

「 而且你撫養他長大 ， 打算收他當學徒對嗎 ， 葛格里先生 ？ 」哈維森小姐繼續問 。

妳看，我和皮普是永遠的好朋友！

我很期待收他當學徒！

「 這孩子有表示反對過嗎 ？ 」她問道 。 「 他喜歡這一行嗎 ？ 」

他想當鐵匠。他也很期待啊！

呃，我是這麼想的啦……

哈維森小姐拿起放在旁邊桌上的小袋子 。

基尼是英國舊時的古代金幣，1基尼(guinea)等於21先令

這是25隻天竺鼠(guinea pig)跟基尼不一樣。
（很可愛吧？）

「皮普的學費賺夠了，」她說。「這袋子裡有二十五基尼。皮普，拿給你的老師吧。」

「您真是太大方了！」喬說。

「**皮普，再見了！**」哈維森小姐說。「哈維森小姐，那我還要再過來嗎？」我問道。

「不用了。現在葛格里是你的老師了。」

我們一踏出莊園大門，門就立刻鎖上。喬背靠著牆對我說：「難以置信！」回家的路上，他每隔一會兒就重複著這一句話。

難以置信

難以置信

難以置信

難以置信！

我長大後要當鐵匠

當我終於走進我的小房間時，我覺得心裡好難受。我很確定自己永遠不會喜歡鐵匠這一行。我曾經想做一名鐵匠，但現在已經不想了。

世界上最悲哀的一件事就是對自己的家庭感到羞愧。以前，我認為當鐵匠是通往成長與獨立的光明之路。可是才短短一年，一切徹底改變。現在我覺得我們家屬於下層階級，既粗俗又普通，而且絕對不能讓哈維森小姐和艾絲黛拉看到。

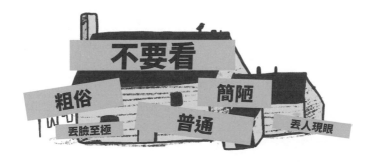

不要看

粗俗　　　簡陋

丟臉至極　普通　　丟人現眼

第八章

四年後……

　　我ㄨㄛˇ已ㄧˇ經ㄐㄧㄥ當ㄉㄤ喬ㄑㄧㄠˊ的ㄉㄜ學ㄒㄩㄝˊ徒ㄊㄨˊ四ㄙˋ年ㄋㄧㄢˊ了ㄌㄜ。某ㄇㄡˇ個ㄍㄜˋ星ㄒㄧㄥ期ㄑㄧ六ㄌㄧㄡˋ晚ㄨㄢˇ上ㄕㄤˋ，有ㄧㄡˇ一ㄧˋ群ㄑㄩㄣˊ人ㄖㄣˊ聚ㄐㄩˋ在ㄗㄞˋ「三ㄙㄢ個ㄍㄜˋ快ㄎㄨㄞˋ樂ㄌㄜˋ船ㄔㄨㄢˊ夫ㄈㄨ」酒ㄐㄧㄡˇ館ㄍㄨㄢˇ裡ㄌㄧˇ圍ㄨㄟˊ著ㄓㄜ壁ㄅㄧˋ爐ㄌㄨˊ烤ㄎㄠˇ火ㄏㄨㄛˇ，我ㄨㄛˇ也ㄧㄝˇ是ㄕˋ其ㄑㄧˊ中ㄓㄨㄥ之ㄓ一ㄧ。

我注意到有個陌生男人靠在我對面的長椅上，觀察著我們。他一邊打量大家的臉，一邊咬著自己粗粗的食指，臉上露出不屑的表情。

「根據我收到的消息，」他的眼神掃過我們，我們全都瑟縮了一下。

卡拉OK！
每星期一
晚上7點

這是長椅

「是我。」喬回答。

「你有一個學徒，」那個陌生人繼續追問。「大家都叫他皮普對吧？他人呢？」

「我在這裡！」我喊道。

「我想跟你們私下談談，」他說。「可能會花一點時間，我們最好還是去你們家聊比較方便。」

「三個快樂船夫」
酒館

我們三人便在這一陣奇怪的沉默中走出「三個快樂船夫」，然後繼續在奇怪的沉默中走路回家。

那個陌生男人在桌子旁邊坐下，把蠟燭拉近，低頭看著寫在筆記本裡的東西。

王牌大律師 業界知名人物

賈

賈格斯
倫敦事務所
請洽：jaggers@londonlaw.org

我叫賈格斯，　他說。

我是從倫敦來的律師，

我受人委託來和你們談件事，但委託人的身分保密，我不能說。

「是這樣的，喬瑟夫・葛格里，我的委託人想請你解除你和這位年輕人的師徒關係。為了這位年輕人好，你應該不會拒絕這個請求吧？」

「老天在上，我絕對不會阻礙皮普的人生。」喬連忙回答，眼睛睜得好大。

「好，那麼現在來談談這位年輕人。我來是要告訴你們，他擁有

哇！哇！

好酷！

遠大前程。」

好興奮！

我和喬倒抽了一口氣，呆呆的望著彼此。

「委託人請我來通知他，」賈格斯先生伸出一隻手指

一大筆錢！

住在倫敦！

成為時髦的紳士！

指著我。「他會得到一筆**豐厚的財產**，可以馬上脫離目前的生活環境、離開這個地方，並接受良好教育成為紳士。簡單來說，就是成為一個**擁有遠大前程的年輕人**。」

我的夢想實現了！

神祕的
資助人

一定是
哈維森小姐！

哈維森小姐即將扭轉我的命運，讓我過上好日子了……

「皮普先生，我還有些事要跟你說，」賈格斯先生再度開口。「請你諒解，首先，我的委託人有幾項要求……」

#1 你永遠都要用皮普這個名字。

所以不能用「菲利普」、「皮皮」或「皮狗」等名字。

#2 這位慷慨資助人的身分必須嚴格保密，直到資助人自己決定要公開為止。

所以不要到處打聽資助人是誰。

我結結巴巴的說我沒有
意見。

「那你打算何時來倫敦？」賈
格斯問道。

我偷瞄喬一眼，只見他靜靜站
在原處看著我們。我回答我應該很
快就會過去。

「皮普先生，」賈格斯說。
「我想你越快離開這裡越好，畢竟
你將來要成為紳士嘛。我一星期內
會給你地址，到時你可以直接搭馬
車來倫敦。」

聽起來
很合理

此時不走，
更待何時？

倫敦，我來啦！

∴嘆氣∴

我們永遠都是
最好的朋友喔！

第九章

普通馬車
首都交通第一選擇

7:00
星期六

票價　　換票　　總額　　車票序號

撕開此處視同作廢

我到馬車驛站訂了星期六早上七點的票。星期五早上，我去哈維森小姐家看她。

哈維森小姐拄著拐杖，在有長桌的那間房裡活動筋骨。聽到我進門的聲音，她立刻停下腳步並轉過身。

怎麼了，皮普？

我明天就要去倫敦了，哈維森小姐。

她舉起拐杖朝著我揮了揮，彷彿一位施法讓我變身的**神仙教母**，正在送我最後的禮物。

「上次和妳見面之後，我得到了一大筆錢，」我喃喃的說。「為此我真的萬分感激，哈維森小姐！」

「哎，好啦！」她開心的說。「皮普，我已經見過賈格斯先生，也聽說這件事了。你明天就要離開了嗎？」

「是的，哈維森小姐。」

「你是被一個有錢人收養嗎？」

「是的，哈維森小姐。」

「對方沒有透露姓名？」

「沒有，哈維森小姐。」

「那麼，」她繼續說。「你的未來無可限量！要守規矩，好好表現，這是你應得的。記得要聽賈格斯先生的話。再見，皮普！你知道的，你要永遠用皮普這個名字哦！」

眨眼！

「我會的，哈維森小姐。」

哈維森小姐伸出手，我則單膝下跪，親吻她的手。她詭異的眼神裡閃過一絲勝利的光芒。她雙手拄著拐杖，站在昏暗的房間中央，身旁是腐爛發臭、沾滿蜘蛛網的結婚蛋糕。我就這樣告別了我的神仙教母。

明天早上清晨五點，我就要提著我的小皮箱離開這個村鎮。我也已經告訴喬，明早我想獨自離開。

這是我
住在這裡的
最後一晚。我走
上樓回到自己的小房
間時，突然有股衝動想下樓
拜託喬明天早上陪我走去搭馬車。

可ㄎㄜˇ是ㄕˋ我ㄨㄛˇ沒ㄇㄟˊ有ㄧㄡˇ。

　　我坐在馬車上看著村子離我越來越遠，覺得好心痛。我開始認真思考等一下換馬時要不要下車走回家再住一晚、好好道別。可是直到換了馬，我都還沒拿定主意。

我還是可以回去，好好說再見……

要回去嗎？

　　我們又換了第二次、第三次，但現在已經離村子太遠，無法回頭了，我只能繼續前進。如今外頭的薄霧慢慢散去，世界在我眼前逐漸開展。

來不及了……

皮普的
遠大前程

第一階段

結束囉

第十章

北

從ㄘㄨㄥˊ我ㄨㄛˇ們ㄇㄣ˙的ㄉㄜ˙村ㄘㄨㄣ鎮ㄓㄣˋ搭ㄉㄚ馬ㄇㄚˇ車ㄔㄜ到ㄉㄠˋ首ㄕㄡˇ都ㄉㄨ大ㄉㄚˋ約ㄩㄝ要ㄧㄠˋ五ㄨˇ個ㄍㄜ˙小ㄒㄧㄠˇ時ㄕˊ。

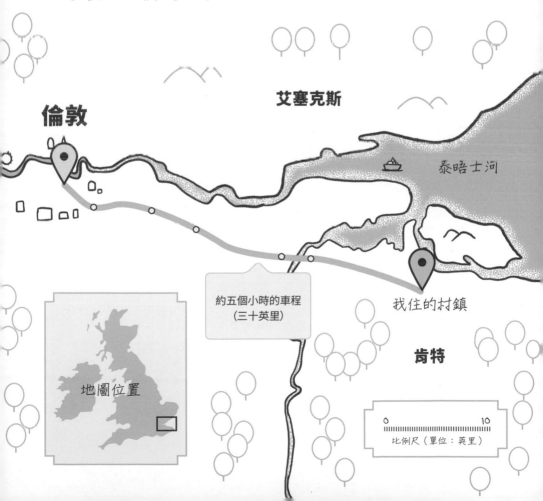

艾塞克斯

倫敦

泰晤士河

約五個小時的車程
（三十英里）

我住的村鎮

肯特

地圖位置

比例尺（單位：英里）

0   10

剛過中午，四馬馬車載著我進入了交通繁忙的倫敦，來到齊普賽街和伍德街路口的「十字鑰」旅店外面。

計程馬車

倫敦大到讓我有一點害怕，但我心裡也冒出小小的疑惑：這座城市不也很醜陋、很狹窄、很骯髒，道路還彎彎曲曲的嗎？

我的目的地是**巴納德旅店**。我的寢具已經先送過去了。我要去那裡見一位叫波克特先生的年輕人，跟他一起住到下星期一。

　　我穿過一扇小門走進旅店，來到一個憂鬱淒涼、看起來很像墓園的四方形小庭院。

院子裡有我見過最陰沉的樹、

很陰沉不是嗎？ ⟶

最陰沉的麻雀、

陰沉的小鳥

最陰沉的貓，

超陰沉的！

還有最陰沉的房子。

我踩上幾階在我看來已經慢慢崩解成木屑的樓梯，走到頂樓的一間套房門口。

波克特先生

門上漆著這五個字，
信箱上還貼了一張紙條，寫著：

馬上回來 ☺

我望向沾了厚厚一層灰塵的窗戶，心滿意足的看著窗外霧濛濛的景致心想：倫敦根本不像大家講得那麼好嘛。

波克特先生對「馬上」的定義跟我不太一樣。我盯著窗外看了半個小時，又用手指在每一格窗格上寫了自己的名字，等到都快瘋了，這才終於聽見樓梯傳來腳步聲。

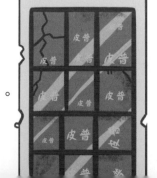

接著我看見：

- 帽子，
- 頭，
- 領巾，
- 背心，
- 褲子，
- 靴子，

然後是一個年紀跟我差不多的男孩。

他氣喘吁吁的走上來，兩邊腋下各夾著一個紙袋，左手還拿著一個裝著草莓的容器。

「皮普先生嗎？」他問我。

「是波克特先生嗎？」我反問。

我訝異到眼珠子都快從眼窩裡跳出來了，忍不住心想：這該不會是一場夢吧？我看到他的眼中也露出一絲驚訝。他後退了一步大喊：

天哪，你不是那個到處閒晃的男孩嗎？

是你，

我說。

年輕蒼白的
紳士本名：
赫伯特·波克特

那個
年輕蒼白的
紳士！

閒晃男孩
本名：皮普

我們兩個就這樣站在巴納德旅館裡，面對面互看了好一陣子，最後我們哈哈大笑。

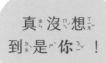

真沒想到是你！

他說。

真沒想到是你！

我說。

我們又笑了起來。「好啦！」年輕蒼白紳士開心的伸出手。「我們的恩怨到此結束，希望你能原諒我上次把你打得那麼慘。」

他究竟是誰？

我們第一次見到赫伯特（也就是年輕蒼白紳士）是在第112頁，記得嗎？

我們熱情的握握手，接著聊起哈維森小姐和艾絲黛拉。

她是赫伯特的堂姑！

「唉，我才不在乎艾絲黛拉咧。哈維森小姐把她養大的目的就是要報復全天下的男人。」

「她和哈維森小姐是什麼關係呢？」

「沒有血緣關係，」赫伯特回答。「她只是養女。」

「哈維森小姐為什麼要報復全天下的男人？要報復什麼？」

「天哪，皮普先生！」他大喊。「**你不知道嗎？**」

快翻頁看看哈維森小姐的瘋狂故事！

哈維森小姐的故事

（主講人：她的
姪子赫伯特）

哈維森先生
（哈維森小姐
的爸爸）

年幼的
哈維森小姐

　　哈維森小姐的媽媽在她還是小寶寶的時候就過世了。她的爸爸很寵她，對她有求必應。

　　哈維森先生非常有錢，而且性格傲慢，他的女兒也一樣。後來哈維森先生再婚，有了一個兒子。

這個兒子長大後成為一個無法無天、揮霍無度，又沒有責任感的年輕人。總之，就是一個壞人。

哈維森小姐
愛鬧事的弟弟

最後哈維森先生決定剝奪他兒子的繼承權。雖然他臨終時又心軟，給了兒子一大筆錢，但還是遠遠比不上他留給女兒的財富。哈維森小姐才是哈維森家的繼承人。

哼！

後來有個男人出現了，他喜歡上哈維森小姐。不過這個人很愛賣弄，也不是什麼紳士。他對哈維森小姐展開熱烈追求，說他全心全意愛著她；而哈維森小姐就這樣墜入情網，深深愛上這個男人。

毫無疑問，哈維森小姐非常崇拜他，那男人因此從她那裡騙了很多錢。可是哈維森小姐太高傲，又被愛情沖昏了頭，聽不進其它人的勸告。

後來，婚禮的日子定下了，婚紗買好了，蜜月旅行安排好了，賓客也都邀好了。

誠摯邀請您來參加我們的婚禮
敬請回覆

婚禮之日終於到來，但新郎卻也沒出現。他寫了一封信給新娘，而哈維森小姐在換禮服時收到那封信。當時正是八點四十分。後來哈維森小姐讓家裡的鐘錶全都停在八點四十分，整座莊園就此荒廢。從那天起，她再也沒見過陽光。

我不會去婚禮。
對了，
妳被甩了！

故事結束

「這就是全部的經過嗎？」我想了一下後問道。

「喔，還有一件事。據說她誤信的那個男人，其實跟她同父異母的弟弟是同夥的。他們兩個偷偷串通好，平分他們拿到的錢。」

哈維森小姐
同父異母的弟弟

讓哈維森小姐
心碎的男人

計畫

1. 和我同父異母
   的姊姊見面
2. 假裝你要娶她
3. 把她的錢騙到手
4. 不要娶她
5. 我們把錢平分

「那兩個傢伙後來怎麼了？」
我想了一下後又開口問。

「他們越來越無恥，越來越墮落，最後走向毀滅。」

「他們還活著嗎？」

「這我就不清楚了。」

關於哈維森小姐的事，我知道的部分你也都知道了。

我在倫敦的新
生活很忙碌。

星期一
找朋友
星期二
小酌
星期三
晚餐飯局

星期四
購物
星期五
看表演
週末
放鬆

我經常和新朋友
赫伯特在一起。

赫伯特教我怎麼當一位
體面的紳士。

穿著要講究，
讓人留下好印象！

像這樣脫帽
打招呼。

的生活！

我還去了俱樂部和上流
社會的人一起吃晚餐。

我會偷偷
想念喬，

甚至想念
喬太太。

呃……
一點點啦。

我變了很多，
這是好事。

第十一章

英國倫敦
巴納德旅店
皮普‧皮瑞普收

天哪！

　　有一天，我在讀書時收到了一封信，光是看到信封就讓我的心怦怦亂跳。雖然我從沒看過信封上的那個筆跡，但我猜得出來是誰寫的。信的開頭不是一般制式的「親愛的皮普先生」、「親愛的皮普」、「親愛的先生」或「親愛的什麼什麼」，而是：

艾絲黛拉

專用信紙

我會坐後天中午的馬車到倫敦。

我想你應該會過來和我見面吧？

反正，哈維森小姐是這麼想的，所以我照她的意思寫信給你。

她要我向你問好。

　　　　　　　　艾絲黛拉上

等艾絲黛拉來⋯⋯

繼續等⋯⋯

然後⋯⋯
她終於到了！

　　我們站在旅館的院子裡，她指著她的行李對我說：「我要去瑞奇蒙。我租了一輛馬車，你送我去。」

　　然後她挽住我的手臂⋯⋯

　　我想我和她或許可以從此過著

幸　福

我真的、
真的、真的
很喜歡她！

快　樂　的　日　子。

新的快樂
小天地！

瑞奇蒙

「妳要去瑞奇蒙的哪裡？」我問艾絲黛拉。

「我要去跟一位貴夫人住，過奢華的生活，」她回答。「她有權有勢，至少她是這樣說的。她能帶我見見世面，介紹很多人給我認識。」

我們轉向別的話題，聊起旅途的種種和倫敦的風景。

是大笨鐘耶！

哦，是漢默史密斯橋！

是蘋果直營門市耶！

她告訴我，倫敦這座大城市對她來說很新奇，因為她在去法國前從沒離開過哈維森小姐住的地區。

「妳才剛回家又要離開，哈維森小姐不會不高興嗎？」

「皮普，我去瑞奇蒙是哈維森小姐的安排，」艾絲黛拉嘆了一口氣，似乎感到厭倦。「我會常常寫信給她，也會定期回家看她，讓她知道我過得怎麼樣。」

> 這是她第一次叫我的名字。

我們很快就抵達瑞奇蒙。艾絲黛拉握握我的手，微笑著跟我說晚安。我獨自站著，盯著眼前那棟房子，心想要是留下來和她一起生活會有多快樂；可是另一方面我也知道，我跟她在一起只有痛苦，永遠不會幸福。

心痛指數

第十二章

要到1970年代
才有微波爐

我回家時看到赫伯特正吃著冷掉的肉。看到我回來，他非常的高興。

> 赫伯特，
> 我的好友，我要
> 告訴你一件
> 事情。

啊姆啊姆

赫伯特腳踝交疊，歪頭看著我。「赫伯特，」我把手放在他的膝蓋上說。

「我愛——

我好愛艾絲黛拉。」

赫伯特一點也不訝異，反而用一派輕鬆又理所當然的語氣說：「是啊，然後呢？」

「哎，赫伯特，這就是你的回答？『然後呢？』」

「我是要你繼續說，」赫伯特解釋。「我當然知道你愛她。」

「你怎麼會知道？」我說。「我又沒告訴你。」

「告訴我？你也不會跟我說 你剪了頭髮，但我總能察覺。 從我認識你的第一天起，我 就知道你很愛她。那你知道 艾絲黛拉的想法嗎？」

拜託，
這麼明顯！

我憂鬱的搖搖頭。

就在這個時候，我們聽見信件 從門上的郵件投遞口被塞進來，接 著「啪」一聲掉在地板上。

「是你的信，」赫伯特過去把 信拿來。「希望沒什麼事才好。」

倫敦靈本區
巴納德旅店
皮瑞普先生收

厚重的黑色封蠟
＋黑色鑲邊
＝壞消息？？？

（不是笨重的
黑色海豹喔）❹

❹ 譯註：「厚重的黑色封蠟」
和「笨重的黑色海豹」
英文都是 *heavy black seal*。

信上寫著喬‧葛格里太太已於星期一晚間六點二十分辭世，葬禮將於下星期一下午三點舉行，希望我能出席。

我回信給喬、安慰他，也告訴他我一定會回去參加葬禮。接下來的幾天，我都懷著一種奇怪又複雜的心情度過。

親愛的皮瑞普先生：
很難過的通知你，你的姊姊於星期一晚間6:20離世。葬禮定於下星期一下午3:00。

回家奔喪

葬禮當天一大早我就搭上回老家的馬車。下車後，由於時間充裕，我慢慢走回鐵匠鋪。

可憐的喬孤零零的坐在房間的一端。他披著一件黑色斗篷，斗篷在下巴下打了一個大大的蝴蝶結。我單腳跪下問他：「親愛的喬，你還好嗎？」他回答：「皮普老弟，你也知道，她本來是個漂亮的……」

說到這裡，他緊緊握住我的手，

再也說不下去了。

我們走進教堂墓園，來到我未曾謀面的雙親墓旁。他們的墓碑上寫著「菲利普‧皮瑞普，已故的本教區居民」與「喬吉安娜，皮瑞普之妻」。

我的姊姊就葬在這裡，從此靜靜在地底下長眠。

墓園上空有雲雀
在高聲歌唱，

微風徐徐吹來，
雲朵和樹木搖曳的
美麗陰影點綴著墓園。

第十三章

　　我回倫敦後經常和艾絲黛拉見面，也常去瑞奇蒙找她。我在城裡也很常聽到她的消息，知道她去野餐、去過節，也會去看話劇、歌劇、音樂會，和參加派對，聽到這些消息讓我覺得好痛苦。愛慕她的人簡直大排長龍。當然，也許是因為我吃醋，才會認為每個接近她的人都要追求她；可是就算撇開這個不談，她的追求者還是多到數不完。

大概是個追求者

我敢說他也是

老兄，一直流口水是怎樣？

我們在瑞奇蒙參加了一場舞會。
班特利‧朱莫爾整個晚上
都在艾絲黛拉身邊晃來晃去，
艾絲黛拉還跟他跳了
好幾支舞。

「妳喜歡他嗎？」我問。

「誰？」艾絲黛拉反問道。

「他啊，」我說。「他整晚都繞著妳轉。」

妳好嗎？

今晚玩得開心嗎？

妳常來這嗎？

「所以呢？」艾絲黛拉繼續說著。

「妳明知道他不光是腦袋不靈光，還是個一無是處、脾氣暴躁、個性陰沉又蠢的傢伙。」

「所以呢？」她說。

「他除了有錢之外，沒有其他優點了。」

班特利，18歲

★★★★★

此人就在不到1英里外

【缺點】

人緣不好

很煩

很笨

【優點】

有錢（非常有錢）

「所以呢？」她又問道。每問一次，她那可愛的雙眼就睜大一點。

所以呢？　　所以呢？　　所以呢？

好可愛！

「這就是為何我會這麼苦惱！」

「難道，」艾絲黛拉突然轉過來，用嚴肅又專注的眼神——如果不是生氣的話——盯著我看。「你要我騙你，引誘你落入圈套？」

艾絲黛拉，所以妳在騙他，引誘他落入圈套？

對，還有其他人也是。除了你之外。

這一章會出現
重大轉折！

第十四章

我待在房間裡，被外頭傳來的一陣腳步聲嚇了一跳。我拿起讀書用的蠟燭走到樓梯口。屋裡頓時一片寂靜，樓下的人一定是看到燭光，所以停下了腳步。

「下面有人嗎？」我望著樓下出聲大喊。

「有。」一個聲音從底下的黑暗中傳出來。

「你要去幾樓？」

頂樓。

我找皮普先生。

我把蠟燭伸到樓梯扶手外，那個人慢慢走進光照的範圍裡。我隨著他的動作移動燭光，注意到他的穿著很像航海家，非常簡單。

他有一頭長長的
鐵灰色頭髮。

年紀大約
六十歲。

他肌肉發達、
雙腿強健，
歷經風霜
的皮膚粗
糙而黝黑。

他踏上最後
一、兩階樓
梯，對我張
開雙臂。

「你要進來嗎？」
「當然，」那個男人說。「我
想進去坐坐，少爺。」

我帶他走進房間，接著把蠟燭放在桌上，盡可能客氣的詢問他的來意。

他臉上帶著奇怪的神情環顧四周，接著又對我張開雙手。

「您這是什麼意思？」我有點懷疑這個人是不是瘋了。

他垂下眼睛，用右手慢慢揉自己的頭。

「真令人失望，」他用粗糙沙啞的聲音說。「我盼了這麼久，走了這麼遠……」

他一屁股坐在壁爐前方的椅子上。

這裡沒別人吧？

他回頭看了一下。

有嗎？

「我又不認識你，你為什麼要三更半夜跑來我房間，問我這種問題？」我說。

「你的樣子還真神氣，」他轉過來對我搖搖頭，好像跟我很有交情似的。

我很高興看到你長大，變成神氣的小伙子！

我認出他了！

就算風雨將中間這幾年的歲月沖刷殆盡，並帶我們回到初次見面的教堂墓園 —— 一個大人、一個小孩面對面相視而站 —— 我也不見得能像現在這樣，在火光的映照下清楚辨識出他的容貌。

「孩子，你當時的所作所為很高尚，」他說。「非常高尚，皮普！我一直感念在心！」

我把他推開。

「如果你是專程來感謝我小時候做的事，我覺得沒必要。我相信你來這裡是出於好意，可是你要明白……我……」

「我要明白什麼？」

「我沒辦法重拾多年前那段偶然的友誼，現在的情況和以前不一樣了。」

喔。

「你全身都溼透了，看起來也累壞了。要不要喝點束西再走？」

我準備一杯加了水的熱蘭姆酒給他。倒酒的時候，我的手一直抖，只能努力穩住。我把酒杯遞給他時，驚訝的發現他的雙眼盈滿了淚水。

「這些年你都怎麼生活？」我問他。

「我放過羊、養過牲畜，做過各式各樣的工作。都在遙遠的新世界，要飄洋過海好幾千英里呢。」他說。

放羊
飼養牲畜
奇怪的工作
Uber司機
建築工人

歐洲

亞洲

新世界

北美洲

大西洋

非洲

南美洲

印度洋

澳洲

「冒昧請問一下，」他帶著微笑的臉龐看起來像是在皺眉，但緊皺的眉頭又像是在微笑。「自從

我們在寒冷的沼澤地分別後，你是
怎麼飛黃騰達的？」

我不得已，只好告訴他我繼承
了一些財產。

「方便問是繼承誰的財產
嗎？」他問道。

我猶豫了一下，然後說：「我
不知道。」

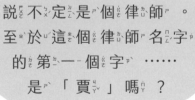

應該有監護人
之類的吧，

他繼續說。

說不定是個律師。
至於這個律師名字
的第一個字……
是「賈」嗎？

我的心有如沉甸甸的鐵鎚般怦怦亂跳。我從椅子上彈起來，手抓著椅背站著，激動的打量著他。

「沒錯，皮普，親愛的孩子，是我把你培養成一個

紳 士！

是我一手造就了你！」

「我曾發過誓，我賺到的每個基尼都要留給你。後來我又發誓，一旦我成為有錢人，也要讓你變成有錢人。」

我的神祕資助人

是那個逃犯！

不是
哈維森小姐！

↑
皮普拿到的是古代金幣基尼(guinea)，不是天竺鼠(guinea pig)

他握住我的雙手，讓我不寒而慄。

「你從來沒想過那個神祕的資助人會是我吧？」

「哦，沒有、沒有，」我急忙回答。「完全沒有！」

「好啦，現在你明白了。這些錢都是我獨力賺來的。除了我和賈格斯先生外，沒有人知道真相。」

我試著釐清思緒，可是因為太過震驚，腦袋一片空白。

「聽我說，親愛的孩子，」他再度開口。「一定要小心啊。」

「要小心？什麼意思？」

「不然就會**死**！」他說。

「為什麼會死？」我又問。

我被罰終身流放，如果回來就會被判死刑。

要是被抓到，我就會被吊死。

這個可憐人戴著鐐銬，用他辛苦賺來的錢資助窮苦的我這麼多年，還冒著生命危險回來看我……現在，沒有其他事情比這件事還重要了。

我的第一個反應是關上窗戶，這樣外面就看不到屋裡的亮光，接著我把門緊緊關好。

我整理了赫伯特的房間（他不在家），問逃犯要不要睡一下，他說好，於是我拿出換洗的衣服，替他擺放整齊。

我在我們剛才待的那個房間裡添了火，然後坐在爐火邊，不敢入睡。我大概有一個多小時都因為太過震驚而無法思考。等到腦袋開始轉動，我才意識到自己有多麼的失敗，我駕駛的人生之船就這樣撞成了碎片。

什麼哈維森小姐對我的期望，那全是夢一場。在薩提斯莊園的那段時光，我只不過是被人利用罷了。我也因為這個不曉得犯了什麼罪的逃犯，而選擇拋棄了喬。

皮普的
遠大前程

第二階段

結束囉

早安

第十五章

　　第二天早上，逃犯打開門，走出房間。

　　「我還不知道該怎麼稱呼你。」他在桌邊坐下時我低聲問道。

　　「我姓馬格維奇，名叫艾伯。」

哈囉！我叫：

艾伯・馬格維奇

我替他在艾塞克斯街的大宅裡租了一個房間，和人們聲稱是要給我「伯父」住的。接著又去了好幾家商店買東西，準備幫他進行大改造。

搞笑眼鏡　　大帽子　　假鬍子

　　這段期間，赫伯特回來了。我、赫伯特和馬格維奇三人坐在爐火前，我把這個祕密一五一十的告訴赫伯特。不用說也知道，這件事讓他大為驚愕，憂慮不安。

　　馬格維奇惱火的望著爐火好一陣子，然後他看著我們，開始述說自己的故事。

快翻頁看看馬格維奇的故事吧！

馬格維奇 的故事

（主講人：艾伯‧馬格維奇）

　　入獄，出獄，入獄，出獄，入獄，出獄。懂了吧？一直到和皮普成為朋友、坐上監獄船、被押送到海外之前，我的人生差不多就是這樣。

　　那時的我到處流浪、乞討、偷東西，有機會的話就打點零工賺錢 —— 有時盜獵，有時做粗工，有時當馬車夫，有時幫人家翻乾草，有時當小販叫賣。總之大多都是賺不到多少錢，又容易惹上麻煩的工作。

二十多年前，我在艾普森賽馬場認識了一個名叫康佩生的人。他出自上流社會，在公立寄宿學校讀過書。他很會講話，長得也很帥，可是他有副鐵石般的心腸，個性也冷漠的和死神一樣，滿腦子都是邪惡的壞主意。

　　「從你的外表看來，你好像不太走運喔。」康佩生對我說。
　　「是啊，先生，我向來如此。」
（當時我剛從金斯頓監獄出來。）
　　「風水輪流轉，」康佩生說。「說不定你就快翻身了。」

康佩生要我跟他合夥做生意。原來他做的生意都是**詐騙**、**偽造文書**、**偷錢洗錢**之類的勾當。

我就這樣變成了他的**奴隸**。那段時間我欠他錢、永遠被他掌控。我不僅為他工作，還為他賣命。

後來我們 **被抓了**。

我和康佩生都被定了罪，因為我們讓偷來的贓款在市面上流通。此外還有其他罪名。

　　康佩生對我說：「**我們各自找律師，不要聯絡了。**」

　　我是個窮光蛋，只好變賣手邊的衣物，留下身上穿的，最後才終於請到律師，也就是**賈格斯先生**。

　　在被告席上的時候，我第一眼就注意到康佩生的體面模樣。他頂著一頭捲髮，穿著黑色西裝搭配白色手帕，看起來就像個紳士，我則像個討人厭的壞蛋。

他看起來像上流社會的人！

他好邋遢！

衣服好破爛！

我敢說他一定有罪！

被告一號
康佩生先生

被告二號
馬格維奇先生

檢察官列出所有證據，每一項都對我很不利。反之，康佩生看起來只是犯了輕罪，因為目擊者看到的是**我**，收錢的是**我**，獲利的看起來也是**我**。

有罪！
刑期：十四年

輕一點的罪！
刑期：七年

被告二號
馬格維奇先生

被告一號
康佩生先生

　　我們兩個都被判有期徒刑，他被判七年，我則被判十四年。

我們被關在同一艘監獄船上。後來，我成功逃上岸、躲在墓園裡，心想我終於能逃離康佩生。就在這個時候，我遇見了你，皮普，我的孩子！

因為皮普，我才知道康佩生也逃下船，跑到沼澤地。於是我開始追捕他。「我要把你拖回船上！」我和他這麼說。必要的話，我絕對會揪著他的頭髮游回去。

當然，這件事到最後又是他占上風。他很會裝，說是我想殺他。他受了一點小懲罰，我卻被戴上手銬腳鐐，又受了一次審判，最後被送往澳洲，終身流放。

故事(暫時)結束

「他死了嗎？」我開口問。

「你說誰，親愛的孩子？」

「康佩生。」

我後來就沒聽過他的消息了。

馬格維奇一臉凶狠的說。

馬格維奇站在壁爐前，看著爐火抽菸。赫伯特用鉛筆在書封內頁上寫了幾個字，然後輕輕把書推給我。上面寫道：

康佩生就是騙哈維森小姐、假裝愛她的那個傢伙。

他就是那個落跑新郎！

我闔上書本，對赫伯特微微點頭，然後把書放到一旁。我們兩人都沒說話，只是靜靜望著站在爐火旁抽菸的馬格維奇。

等馬格維奇回房間後，我和赫伯特不得不面對這個問題：現在該怎麼辦？

「首要任務就是把馬格維奇送出英國。」赫伯特說。

你可能要跟他一起走，這樣他才會願意離開。

逃離英國

於是我們開始制定計畫。

不過首先，我得先去找哈維森小姐！

第十六章

攤牌的時刻到了

　　清晨天還沒亮，我便乘著馬車出發。馬車在廣闊的鄉間大道上奔馳時，白晝也慢慢現身。

　　我來到那個有梳妝臺、牆上點滿蠟燭的房間，哈維森小姐就在裡面……而且**艾絲黛拉**也在。哈維森小姐坐在壁爐旁的長沙發上，艾絲黛拉則坐在她腳邊的坐墊上織東西。

我以為她在倫敦！

「皮普，什麼風把你吹來啦？」哈維森小姐問道。

　　「我知道資助我的人是誰了。」我停頓了一下，看著艾絲黛拉，心想要怎麼說才好。這時哈維森小姐開口問道：

然後呢？

哈維森小姐，妳第一次要我來這裡的時候，

妳是不是像對其他來這裡的孩子一樣，

把我當成僕人？

點頭

點頭
點頭

「皮普，你說得沒錯。」哈維森小姐平靜的點了點頭。

「而且妳還誤導我，讓我以為資助人是妳？」我又說。

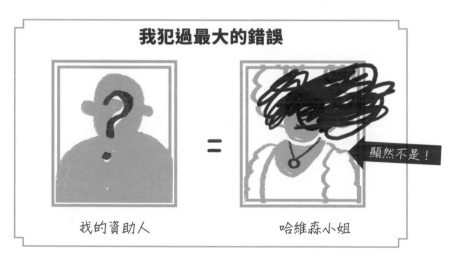

我犯過最大的錯誤

我的資助人 ＝ 哈維森小姐

顯然不是！

「對。」她又冷靜的點頭。

「妳覺得那樣做好嗎？」

「你把我想成什麼人了？」哈維森小姐突然大發雷霆，用拐杖猛敲地板。艾絲黛拉驚訝的抬頭瞄了

她一眼。「天哪，為什麼我應該當個好人？」

好人光譜

毒舌評審
賽門·考威爾

惡魔

哈維森
小姐

馬格維奇

自然學家
大衛·艾登堡

赫伯特

喬

耶穌

一點也不善良 ⟵⟶ 非常善良

她發飆完後便坐在那裡沉思。

「好了好了！你還有什麼話要說？」哈維森小姐問。此時艾絲黛拉只是一直織著她的東西。

「你說完了沒？」哈維森小姐又問。

「艾絲黛拉，」我轉向艾絲黛拉，努力克制顫抖的聲音。

呃……嗯

我要說了！

「妳知道

我愛妳。

第一次

在這棟房子裡

見到妳的時候，

我就愛上妳了。」

艾絲黛拉面無表情的看著我，搖了搖頭，兩隻手仍織個不停。

「我一點也不在乎。」她說。

她抬頭看向哈維森小姐，手裡握著她的針線活，接著她說：

不如跟你說實話吧。我要跟班特利·朱莫爾結婚了。

她戴著他送的婚戒！

誰都可以，就是
不能嫁給他！

「艾絲黛拉，
妳不能愛上他！」

我把臉埋進掌心。「親愛的艾絲黛拉，妳可以永遠不接受我，但至少妳要嫁給比**朱莫爾**更好的人啊！」

「我要嫁給他，」她把語氣放輕，又說了一次。「婚禮也在準備了，我很快就會結婚了。很快。」

「不行，艾絲黛拉！」

「你一個星期後就會忘了我的。」她說。

「忘了妳？」我大喊。「妳是我生命中的一部分，是我的一部分。從我這個粗野的男孩初次來到這裡的那一刻起，妳就傷透了我的心，但在我讀的每一本書，字裡行間都會浮現妳的身影。」

「無論眼前是什麼景色，

我都能看見妳。

在飄動的船帆上，

在潺潺的河流中，

在遼闊的沼澤地上。

在天空的雲彩、

白天的陽光、

艾絲黛拉

夜晚的黑暗裡。

在徐徐的微風、

濃密的樹林，

和浩瀚的大海裡，

艾絲黛拉

還有在繁華的街道上。」

艾　絲　黛　拉

然後，我就這樣離開了。事後回想起來，當時艾絲黛拉只是一臉懷疑的看著我，但哈維森小姐卻用手按住心口。她那如幽靈般的身影彷彿正分崩離析，僅剩充滿同情與悔恨的嚇人目光。

幫助馬格維奇大作戰

1.

準備
一艘小船

（以及學習
怎麼划船）

2.

載著馬格維奇
划過泰晤士河

3.

找一艘前往
歐洲的大船

4.

找和馬格維奇
偷偷上船

5.

兩人一起
航向自由！

倫敦

巴納德
旅店

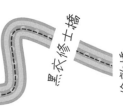

黑衣修士橋

倫敦橋

第十七章

對赫伯特來說
有點太冷了……

　　我開始練習划船，有時自己一個人練，有時跟赫伯特一起練。在天寒地凍、雨雪交加的日子，我也經常出門練習。起先我只能划到黑衣修士橋，但後來隨著潮水變化，就能划到倫敦橋。接著我開始划到倫敦橋下游的河段，在船隻間穿梭，然後一路划到艾利斯區。

北

艾利斯區

訓練過程

為了我們的計畫，
我非常努力。

正確的
划船動作
很重要！

我日以繼夜
的練習。

的精彩花絮！

我很掛念
艾絲黛拉……

一想到馬格維奇
也會傷心的掉眼淚。

幾天後我收到一封信，哈維森小姐要我去找她。

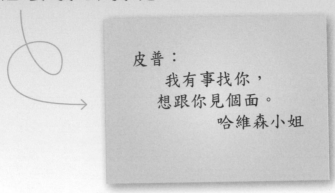

皮普：
　我有事找你，
　想跟你見個面。
　　　　哈維森小姐

烏鴉群在花園中幾棵高大的枯樹上方盤旋，好像在跟我說這個地方已經變了，艾絲黛拉再也不會回來了。

我獨自上樓。哈維森小姐不在她的臥房，而是在走道另一端的大房間裡。我看到她坐在壁爐前那張破爛的椅子上，若有所思的望著灰燼中的火光。

當我拉來另一張破舊的椅子在壁爐前坐下時，我發現哈維森小姐的臉上閃過另一種表情——她好像有點怕我。

「我想和你談談你上次來這裡時提到的事，」她說。「我想讓你知道，我不是鐵石心腸的人。」

她從口袋裡拿出一個黃色鑲金象牙寫字板，鑲金的部分早已失去光澤；接著她從掛在脖子上、同樣失去光澤的金色盒子裡拿出鉛筆，開始在板子上寫字。

「你拿這個找賈格斯先生拿錢。」

我接過她手上的寫字板。

「希望有天你能在我的名字下面寫『我原諒她』。就算要等到我破碎的心化為塵土，我還是會不斷祈求你的原諒！」哈維森小姐説。

親愛的賈格斯先生，
　請從我的帳戶裡領錢給赫伯特‧
波克特，以清償他的債務。
　　　　　　　　哈維森小姐
- - - - - - - - - - - - - - - - - -

「哦，哈維森小姐，我現在就能辦到，」我連忙回答。「我一點也不怨恨妳，我原諒妳。」

我已經
原諒妳了！

她轉過來看著我，淚水開始流下臉龐。

「我居然做出這種事！我居然做出這種事！」她扭著雙手，把她

我居然做出這種事！

我居然做出這種事！

花白的頭髮弄得更加凌亂，一遍又一遍的重複這句話。

我知道她是在說艾絲黛拉。

「艾絲黛拉是誰的孩子？」我問。

她搖搖頭。

「妳不知道嗎？」我又問。

她再度搖頭，然後小心翼翼的壓低聲音，說起艾絲黛拉的故事。

艾絲黛拉的故事

（主講人：哈維森小姐）

　　是賈格斯先生帶艾絲黛拉來我家的。我那時候把自己關在家裡很長一段時間（我不曉得多久，你也知道，這裡的鐘錶都停了），我跟他說我想要一個小女孩，我想把她養大、好好愛她，不要讓她像我一樣受傷。

　　他說他會打

聽看看有沒有待領養的孤兒。有一天晚上，他帶了一個熟睡的小女嬰來，我替她取名為艾絲黛拉。

相信我，一開始我真的想讓她遠離悲慘的命運，不要一落得跟我一樣的下場。

可是當她漸漸長大，我的教養卻出了差錯。我成了一個壞榜樣，我的仇恨影響了她的心，讓她變成一個冷漠的人。

這段談話再繼續下去還有什麼意義？關於艾絲黛拉，哈維森小姐已經把她知道的全都告訴我。我能說的、能做的都做了，我能給她的安慰就只有這些了。講再多還是要道別，於是我們就此分別。

暮色逐漸籠罩大地。我走下樓，踏進外頭的空氣中，朝著荒廢的花園走去。我繞著花園閒晃，走到我和赫伯特打架的角落，繞到我和艾絲黛拉一起散步的小徑，穿過敞開的木造大門。我記得那次艾絲黛拉傷透我的心時，我就是在這裡亂扯自己的頭髮。

我走到前院時，決定還是回樓上看看哈維森小姐是否安好。

我站在門外，往剛才離開的房間裡看了一眼，只見哈維森小姐背對著我，坐在壁爐旁那張破爛的椅子上。她離爐火好近。

就在我把頭縮回來，準備悄悄離開的那一瞬間，我的眼前突然冒出一團火光。

同時ㄕˊ，
我ㄨˇ看ㄎㄢˋ見ㄐㄧㄢˋ哈ㄏㄚ維ㄨㄟˊ森ㄙㄣ
小ㄒㄧㄠˇ姐ㄐㄧㄝˇ跑ㄆㄠˇ向ㄒㄧㄤˋ我ㄨˇ。

她ㄊㄚ大ㄉㄚˋ聲ㄕㄥ
尖ㄐㄧㄢ叫ㄐㄧㄠˋ著ㄓㄜ˙，

熊ㄒㄩㄥˊ熊ㄒㄩㄥˊ火ㄏㄨㄛˇ舌ㄕㄜˊ
包ㄅㄠ圍ㄨㄟˊ住ㄓㄨˋ她ㄊㄚ，

烈ㄌㄧㄝˋ焰ㄧㄢˋ從ㄘㄨㄥˊ她ㄊㄚ頭ㄊㄡˊ頂ㄉㄧㄥˇ
向ㄒㄧㄤˋ上ㄕㄤˋ直ㄓˊ竄ㄘㄨㄢˋ。

我立刻脫下大衣，衝過去把大衣蓋在哈維森小姐身上，把她撲倒在地。我也把桌上那張大桌布一起拉了下來。但這一拉，連同那些腐爛的食物和所有住在裡面的噁心生物也一起被拉了下來。我們兩人像死對頭般在地上激烈搏鬥。我包得越緊，她就越是瘋狂尖叫，拚命想要掙脫。當下我完全沒有察覺到、想到，或意識到自己在做什麼，直到事後才搞清楚狀況。

等到回過神來，我才發現我們躺在長桌旁的地板上。一片片閃著火光的碎布在煙霧中飄蕩，不久前，它們還是哈維森小姐身上那件褪色的婚紗。

我環顧四周，看到蜘蛛和甲蟲驚慌的四散奔逃，僕人們則氣喘吁吁的跑上樓，在門口失聲大叫。

到底怎麼回事？！

我站了起來，赫然發現自己的兩隻手都燒傷了，可是我剛才完全沒感覺。

　　醫生仔細檢查哈維森小姐的傷勢，說她還有救，只是要注意精神上的打擊。她的床墊被移來這個房間，就放在大長桌上，方便醫生為她進行包紮。

　　哈維森小姐靜靜躺在那個我曾看她用拐杖指著，並且親耳聽她說自己死後要長眠的地方。

　　將近午夜時，她開始胡言亂語，之後用嚴肅的嗓音低聲說了無數次：

我居然做出這種事！

她又接著說：「一開始，我真的想讓她遠離像我一樣的悲慘命運。」

然後說：「用鉛筆在我的名字下面寫『我原諒她』！」

因為我留下來也幫不了什麼忙，加上

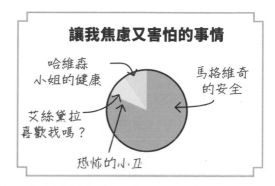

讓我焦慮又害怕的事情

哈維森小姐的健康

馬格維奇的安全

艾絲黛拉喜歡我嗎？

恐怖的小丑

又有其他緊急的事情讓我很焦慮、很害怕，因此我決定一大早先坐馬車回倫敦。早上六點鐘時，我來到哈維森小姐身旁俯身親吻她的脣，這時她仍在說：「用鉛筆在我的名字下面寫『我原諒她』。」

我原諒她

皮普

第十八章

我不在的時候，赫伯特調查了有哪些外國船會離開倫敦、船隻出發的時間，以及能在哪裡找到那些船。

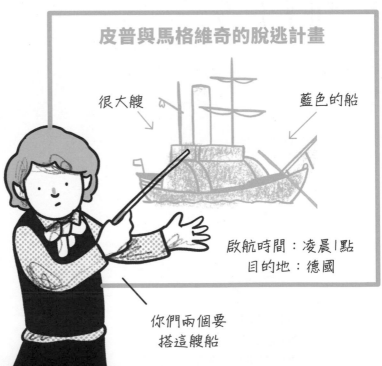

皮普與馬格維奇的脫逃計畫

很大艘

藍色的船

啟航時間：凌晨1點
目的地：德國

你們兩個要
搭這艘船

時間表

我們發現有艘要去德國漢堡的蒸氣船很符合我們的計畫，於是我和赫伯特用幾個小時分頭行動做準備，我負責辦出國需要的護照。

這是冒著蒸氣的漢堡，不是我們搭蒸氣船要去的漢堡喔！

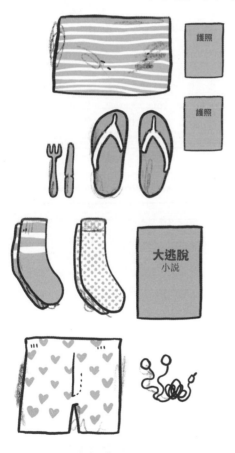

那是一個暖陽高照，但寒風依舊猛烈的三月天　　在陽光下像夏天，但在陰影處就像冬天。我們都穿著厚厚的毛呢外套，我還帶了一個包包，裡面只有少數幾樣生活必需品，其他什麼都沒帶。

將來要去哪裡、要做什麼、什麼時候回來，我都沒有答案。但我也不會因為這些問題而苦惱，因為一切都是以馬格維奇的安全為優先。

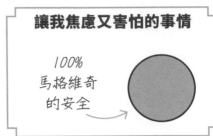

讓我焦慮又害怕的事情

100%
馬格維奇
的安全 →

馬格維奇穿著水手斗篷，背著一個黑色帆布包，看起來就像在河道上指引船隻的引水人，和我希望的一模一樣。

「親愛的孩子！」他一坐下就拍拍我的肩說。「可靠的好孩子，做得好。謝謝你，太感謝了！」

我們於是上船，動身出發。

清新的空氣、和煦的陽光、掠過水面的船隻，和波瀾起伏的河流本身，都讓我的精神為之一振，充滿了新希望。

沒多久我們就划過倫敦橋，

經過舊比林斯蓋特海鮮市場和牡蠣船，

然後是倫敦塔的白塔與叛徒之門。

　　顯然，我們都很擔心被跟蹤。我們之中會有人壓低聲音問：「那陣漣漪是怎麼回事？」另一人則會懷疑：「那邊那個是船嗎？」

　　每次問題被拋出後，我們三人便會陷入一片沉默。我坐在船上焦躁的想，船槳發出的噪音未免太大了吧。

我們繼續前進。一路上，馬格維奇抽著菸斗，也不時拍拍我的肩膀。別人看他這樣安撫我，會以為身陷危險的是我，而不是他吧。

我們停泊在河岸邊的隱蔽處等候蒸氣船。我們有時裹著外套躺在岸上，有時起身走動暖暖身子。最後蒸氣船終於來了，我們立刻跳上小船，往蒸氣船的方向划去。

蒸氣船來了！

大船全速前進，我們趕緊把包包準備好。就在這個時候，我看到一艘四槳小船從離我們不遠的岸邊冒出來，划向同一條航線。

這些人是誰啊？

我叫馬格維奇用斗篷裹住身體，安靜坐著不要動。他一派輕鬆的說：

親愛的孩子，放心吧。

然後像一尊雕像般坐在那裡。

這時，那艘小船已經划到我們旁邊，而且靠得很近，兩船之間只剩下划槳的空間。我們讓船隨波漂流，他們也讓船隨波漂流；我們划一、兩下，他們也划一、兩下。負責指揮方向的人緊盯著我們；他身旁的男人就跟馬格維奇一樣全身包得緊緊的，蜷縮著身子。他看看我

們，又在指揮者耳邊低語了幾句。

兩艘船上的人都沉默不語。

蒸氣船朝我們快速駛來，輪槳的葉片啪噠作響，聲音越來越大。

你們船上有一個潛逃回國的犯人，

小船上負責指揮的那個男人說。

名叫艾伯·馬格維奇。

我是來逮捕他的，在此命令他投降，希望你們能配合。

話一說完，負責指揮的男人就命令小船衝向我們。我們還來不及反應，他們就猛力往前划了一下、收起槳，然後緊抓住我們的船身。

啪！

同時，他一把抓住馬格維奇的肩膀。兩艘小船都在翻騰的潮水中不停打轉。

馬格維奇立刻跳了起來，他往前傾、越過抓著他的人，撲向那個瑟縮在小船上的男人，把斗篷從他的脖子上扯下來。我看到他的臉了，是我多年前在沼澤地遇見的另一個逃犯，**康佩生**。

是你！

重擊！

抓住！

天哪，是康佩生！另一個逃犯！馬格維奇之前的犯罪同夥！也就是哈維森小姐的前男友！

康佩生頓時往後翻倒。他嚇得一臉慘白的神情，我一輩子都不會忘記。然後，水面傳來一聲響亮的

撲通

我感覺到小船不斷往下沉。

一轉眼，我就馬上被救起，搭上另一艘小船。赫伯特也在那裡，可是我們的船不見了，兩個逃犯也失去了蹤影。

蒸氣船上的人放聲叫喊，船隻也憤怒的噴著蒸氣。大船持續向前航行，我們也跟著往前划動，弄得我一時分不清哪裡是天空，哪裡是河面，哪裡是河岸。

這時<ruby>時<rt>ㄕˊ</rt></ruby>，小<ruby>船<rt>ㄔㄨㄢˊ</rt></ruby>上<ruby>的<rt>˙ㄉㄜ</rt></ruby>人<ruby>人<rt>ㄖㄣˊ</rt></ruby>都<ruby>停<rt>ㄊㄧㄥˊ</rt></ruby>止<ruby>止<rt>ㄓˇ</rt></ruby><ruby>划<rt>ㄏㄨㄚˊ</rt></ruby><ruby>動<rt>ㄉㄨㄥˋ</rt></ruby>，
放<ruby>下<rt>ㄒㄧㄚˋ</rt></ruby>了<ruby>了<rt>˙ㄌㄜ</rt></ruby><ruby>船<rt>ㄔㄨㄢˊ</rt></ruby><ruby>槳<rt>ㄐㄧㄤˇ</rt></ruby>。

大<ruby>家<rt>ㄐㄧㄚ</rt></ruby>都<ruby>都<rt>ㄉㄡ</rt></ruby><ruby>沉<rt>ㄔㄣˊ</rt></ruby><ruby>默<rt>ㄇㄛˋ</rt></ruby>不<ruby>不<rt>ㄅㄨˋ</rt></ruby><ruby>語<rt>ㄩˇ</rt></ruby>，<ruby>焦<rt>ㄐㄧㄠ</rt></ruby><ruby>急<rt>ㄐㄧˊ</rt></ruby>的<ruby>的<rt>˙ㄉㄜ</rt></ruby><ruby>望<rt>ㄨㄤˋ</rt></ruby>著<ruby>著<rt>˙ㄓㄜ</rt></ruby>
水<ruby>水<rt>ㄕㄨㄟˇ</rt></ruby><ruby>面<rt>ㄇㄧㄢˋ</rt></ruby>，<ruby>尋<rt>ㄒㄩㄣˊ</rt></ruby><ruby>找<rt>ㄓㄠˇ</rt></ruby><ruby>逃<rt>ㄊㄠˊ</rt></ruby><ruby>犯<rt>ㄈㄢˋ</rt></ruby>們<ruby>們<rt>˙ㄇㄣ</rt></ruby>的<ruby>的<rt>˙ㄉㄜ</rt></ruby><ruby>身<rt>ㄕㄣ</rt></ruby><ruby>影<rt>ㄧㄥˇ</rt></ruby>。

喘氣

嘩啦！

馬格維奇被拉上船，立刻被銬上手銬和腳鐐。

　　過了好長一段時間，水面再度恢復平靜，蒸氣船也開走了。大家都很清楚，事到如今，另一個人已經沒希望了。

第十九章

　　馬格維奇的胸口受了重傷，頭上還有一道深深的傷口。

　　他告訴我，在他抓住康佩生的斗篷、認出他的那瞬間，康佩生就站起身來，搖搖晃晃的往後倒，他們兩人就這樣一起跌進水裡。

我們兩個都
落水了。

他們不斷往下沉，死命扭打，四條手臂緊緊交纏在一起，

在水底展開了激烈搏鬥。

馬格維奇順利掙脫，奮力游上水面。

對不起，
馬格維奇

　　隨著小船朝落日餘暉划去，我們彷彿也把曾有過的希望都拋在腦後。我對馬格維奇說，他冒險回國都是為了我，現在事態演變成這樣我真的很難過。

　　「親愛的孩子，我很慶幸自己冒著被捕的風險回來了，」他回答。「我見到了你。就算沒有我，你也會成為上流社會的紳士。」

　　「我絕對不會離開你，」我說。「你這麼真誠的對待我，我也一樣會真誠的對待你！」＊＊＊

抱！

審判的過程很短，證據也很明確。所有能為他說的好話都說了，像是他勤奮工作、賺錢的管道都合法、在業界名聲良好等等。不過再怎麼說，他的確違背了終身流放的判決潛逃回國，憑這點就不可能判他無罪。

我每天都到監獄裡看他，可是能探望的時間越來越短，獄卒也老是守在旁邊。日子一天天過去，我注意到他越來越常一言不發的靜靜躺著，無精打采的盯著白色天花板。有時候他的臉會因為我說的話而閃過一抹光彩，但很快又會黯淡下來。

有時他幾乎無法、甚至完全不能開口說話，只能輕捏我的手作為回答。漸漸的，我也越來越能理解他想表達的意思。

　　到了第十天，我發現他變得不太一樣了，我之前從來沒看過他這個樣子。他直盯著門口，一看到我走進牢房，他的雙眼立刻亮了起來。

　　「謝謝你，親愛的孩子，謝謝。願上帝保佑你！親愛的孩子，你從來沒有丟下我。」

他用盡最後一絲微弱
的力氣，把我的手
拉向他的唇邊。

然後他輕輕把我的手
移到他胸口，再將雙手
交疊在我的手上。

他的頭慢慢往下，
安靜的垂到胸前。

後來

摩登情人樂團的
〈埃及雷鬼樂〉播放中

馬格維奇死後，
我好幾天
高燒不退。

喬特地來照顧我，
直到我恢復健康。

赫伯特愛上了一個
名叫克萊拉的女孩。

他前往
埃及工作。

我也去了！我離開英國，跟赫伯特和
克萊拉一起搬到埃及工作、生活。

呢？

我一直和喬保持聯絡。

他也墜入了愛河！

對象是我從小就認識的畢蒂。

請見第73頁

我聽說艾絲黛拉過得很不快樂，還有她的先生已經過世了。但除此之外，就沒有其他消息了。

古代時報
每日報導　　　　免費領取

男子在悲慘的墜馬意外中喪命

是馬的問題？才怪！

當地一名以奸妄自大、貪得無厭、猜疑、卑鄙等各種惡習而惡名昭彰的男子，如今已墜馬身亡。

這場死亡意外是因為該名男子虐待馬匹所致。相關報導請見第5、第6與第78頁。

她之前還說我很快就會忘了她……真是大錯特錯。

我每天都會想到她。

∴ 唉 ∴

第二十章

十一年後……

　　我已經十一年沒見到喬和畢蒂了。我在十二月的某個夜晚回到了故鄉，將手輕輕的放在老舊的廚房門閂上，這時已經是天黑一、兩個小時之後了。

　　喬坐在廚房火爐旁的老地方抽著菸斗。儘管長了白髮，他的身體仍一如往常的硬朗、健壯。而我過去常坐的小凳子上有個望著爐火的小身影——他簡直就是我的化身！

親愛的老弟，他的名字也叫皮普，是為了你取的，

喬開心的說。我拿了另一張凳子，坐在小男孩旁邊。

我們希望他長得像你，看來還真的有一點像呢。

我也這麼覺得。第二天早上，我帶小皮普出門散步。我們什麼都聊，兩人一拍即合。我帶他走到教堂墓園，把他抱到一座墓碑上，他把刻有「菲利普・皮瑞普，已故的本教區居民」和「喬吉安娜，皮瑞普之妻」的墓碑指給我看。

下一站：哈維森小姐的家

那裡已經沒有房子了，除了
花園的一堵舊圍牆還留著之外，
當年的建築已經不復存在。簡陋的柵欄
圍起空蕩蕩的土地，我往裡頭看，
發現有些老常春藤扎下了新的根，
在安靜低矮的瓦礫堆間冒出綠意。
柵欄上有一扇微微敞開的門，
我將門推開，走了進去。

下午時分，冷冽的銀色霧氣籠罩了大地，月亮也還沒現身驅散霧氣。但現在，閃爍的星光穿過了銀霧，月亮也探出頭來。天色還不算太暗，我隱約能辨認出過去古宅每個部分的所在位置。

我順著荒蕪的花園小徑望過去，忽然看見一個孤單的身影。

哦，嗨！

艾ㄞˋ絲ㄙ黛ㄉㄞˋ拉ㄌㄚ！

我ㄨㄛˇ們ㄇㄣ坐ㄗㄨㄛˋ在ㄗㄞˋ附ㄈㄨˋ近ㄐㄧㄣˋ的ㄉㄜ長ㄔㄤˊ椅ㄧˇ上ㄕㄤˋ。
我ㄨㄛˇ說ㄕㄨㄛ道ㄉㄠˋ：「感ㄍㄢˇ覺ㄐㄩㄝˊ真ㄓㄣ奇ㄑㄧˊ妙ㄇㄧㄠˋ，過ㄍㄨㄛˋ了ㄌㄜ
這ㄓㄜˋ麼ㄇㄜ多ㄉㄨㄛ年ㄋㄧㄢˊ，我ㄨㄛˇ們ㄇㄣ居ㄐㄩ然ㄖㄢˊ在ㄗㄞˋ第ㄉㄧˋ一ㄧ次ㄘˋ
相ㄒㄧㄤ遇ㄩˋ的ㄉㄜ地ㄉㄧˋ方ㄈㄤ重ㄔㄨㄥˊ逢ㄈㄥˊ！艾ㄞˋ絲ㄙ黛ㄉㄞˋ拉ㄌㄚ，妳ㄋㄧˇ
常ㄔㄤˊ回ㄏㄨㄟˊ這ㄓㄜˋ裡ㄌㄧˇ嗎ㄇㄚ？」

「我ㄨㄛˇ從ㄘㄨㄥˊ那ㄋㄚˋ時ㄕˊ離ㄌㄧˊ開ㄎㄞ後ㄏㄡˋ，就ㄐㄧㄡˋ再ㄗㄞˋ也ㄧㄝˇ沒ㄇㄟˊ
有ㄧㄡˇ回ㄏㄨㄟˊ來ㄌㄞˊ過ㄍㄨㄛˋ了ㄌㄜ。」她ㄊㄚ回ㄏㄨㄟˊ答ㄉㄚˊ。

「我ㄨㄛˇ也ㄧㄝˇ是ㄕˋ。」

月ㄩㄝˋ亮ㄌㄧㄤˋ緩ㄏㄨㄢˇ緩ㄏㄨㄢˇ升ㄕㄥ起ㄑㄧˇ，我ㄨㄛˇ想ㄒㄧㄤˇ起ㄑㄧˇ馬ㄇㄚˇ格ㄍㄜˊ維ㄨㄟˊ
奇ㄑㄧˊ——想ㄒㄧㄤˇ到ㄉㄠˋ他ㄊㄚ把ㄅㄚˇ手ㄕㄡˇ放ㄈㄤˋ在ㄗㄞˋ我ㄨㄛˇ手ㄕㄡˇ上ㄕㄤˋ的ㄉㄜ感ㄍㄢˇ
覺ㄐㄩㄝˊ，還ㄏㄞˊ有ㄧㄡˇ他ㄊㄚ在ㄗㄞˋ離ㄌㄧˊ開ㄎㄞ人ㄖㄣˊ世ㄕˋ前ㄑㄧㄢˊ對ㄉㄨㄟˋ我ㄨㄛˇ說ㄕㄨㄛ的ㄉㄜ
最ㄗㄨㄟˋ後ㄏㄡˋ一ㄧ句ㄐㄩˋ話ㄏㄨㄚˋ。

謝謝你，
親愛的孩子

謝謝

我好
想念他

我時常想起你。 艾絲黛拉說。

真的嗎？

「特別是最近這段日了，我有很長一段時間過得很苦，當時我刻意不去想那些我所拋棄的過往，但我的心裡如今珍藏著這些回憶。」她說。

「妳一直都在我心裡。」我說。

「希望你還能像從前體貼我、善待我。告訴我，我們還是朋友。」

「我們還是朋友。」我說，站起身來。她也從長椅上站起來。

「就算分隔兩地也一樣。」艾絲黛拉說。

我牽著她的手走出廢棄的
莊園，傍晚朦朧的霧氣逐漸散去。
還記得很久很久以前，
我第一次離開鐵匠鋪、遠赴倫敦的
時候，晨霧也是像這樣慢慢消散。
霧氣讓灑在遼闊大地上的月光
顯得寧靜，好像在告訴我，
我和她會一直在一起，
永不分離。

故事結束

漫畫文學經典系列：遠大前程

狄更斯生平大事紀

1812
二月七日，
查爾斯·狄更斯出生
於英國樸茨茅斯。

1836
二十四歲的狄更斯娶了
凱薩琳·霍加斯。

1837
狄更斯寫了
《孤雛淚》。

1824
狄更斯的爸爸因為欠錢
不還被關進監獄。十二歲的
狄更斯必須輟學到工廠
工作，替鞋油罐貼標籤。

1837
維多利亞即位
成為女王，開啟了
維多利亞時代。

1843
狄更斯寫了
《小氣財神》。

狄更斯小趣事

★ 他睡覺時習慣把頭朝向北方，
　認為這樣能提升寫作能力。

★ 他養了一隻名叫「抓抓」的烏鴉。
　抓抓很愛咬他小孩的腳踝。

★ 他發明了一些很酷的詞，例如「奶油手」
　（butterfingers，用來形容人東西拿不穩，
　常常手滑、笨手笨腳）和「毛茸茸」
　（fluffiness）等。

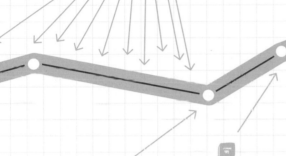

1837–1852

狄更斯和凱薩琳生了十個孩子（十個！），分別是查理、瑪麗、凱特、華特、法蘭西斯、艾弗瑞、席尼、亨利、朵拉與愛德華。

1901

維多利亞女王逝世，維多利亞時代結束。

1858

狄更斯和凱薩琳分居。

1860

狄更斯寫了《遠大前程》。這本書很棒，你一定會喜歡。

1870

六月九日，狄更斯逝世，享年五十八歲。

1992

改編自《小氣財神》的電影《布偶聖誕頌》上映。這部電影很棒，你一定會喜歡。

★ 他替十個孩子取奇怪的綽號。
　例如：五兒子叫「小雞跟蹤狂」；
　三女兒叫「魔鬼寶盒」，
　因為她的脾氣非常火爆。

★ 他很怕蝙蝠。

★ 他是一個業餘魔術師。

★ 他是幽魂社的成員。
　幽魂社於一八六二年在倫敦成立，
　是一個調查靈異現象的組織。

漫畫文學經典系列：福爾摩斯與巴斯克維爾的獵犬

★ ★ ★

準備好和福爾摩斯與華生
來場懸疑又刺激的偵查之旅了嗎？
快打開書本，出發前往薄霧瀰漫的曠野
一探神祕獵犬的傳說吧！

★ ★ ★

漫畫文學經典系列：金銀島

★ ★ ★

準備好和吉姆·霍金斯、
吵鬧的鸚鵡和一群瘋狂海盜
來場超爆笑的航海冒險了嗎？
快打開書本，啟程前往危機四伏的金銀島
尋找寶藏的下落吧！

★ ★ ★

國家圖書館出版品預行編目資料

漫畫文學經典系列：遠大前程／查爾斯.狄更斯
(Charles Dickens)原著;傑克.諾爾(Jack Noel)改寫.繪
圖;郭庭瑄譯.——初版一刷.——臺北市: 弘雅三民,
2022
　　　面;　　公分.——（小書芽）
　　譯自：Comic Classics : Great Expectations.
　　ISBN 978-626-307-602-0 （平裝）

873.596　　　　　　　　　　　111004915

小書芽

漫畫文學經典系列：遠大前程

原　　　著	查爾斯·狄更斯
改　　　寫	傑克·諾爾
繪　　　圖	傑克·諾爾
譯　　　者	郭庭瑄
責任編輯	林芷安
美術編輯	孫藝芸
發 行 人	劉仲傑
出 版 者	弘雅三民圖書股份有限公司
地　　　址	臺北市復興北路 386 號 (復北門市) 臺北市重慶南路一段 61 號 (重南門市)
電　　　話	(02)25006600
網　　　址	三民網路書店 https://www.sanmin.com.tw
出版日期	初版一刷 2022 年 6 月
書籍編號	H859210
I S B N	978-626-307-602-0

COMIC CLASSICS: GREAT EXPECTATIONS
Originally published in English by Farshore, an imprint of HarperCollins*Publishers*
Ltd. under the title: Great Expectations
Text and illustrations copyright © 2020 Jack Noel
Traditional Chinese copyright © 2022 by Honya Book Co., Ltd.
Translated under licence from HarperCollins*Publishers* Ltd.
ALL RIGHTS RESERVED

弘雅三民圖書